Maike Claußnitzer

Oktoberperlen

Oktoberperlen
© 2025 Maike Claußnitzer
Gesamtgestaltung & Illustration:
saje design, www.saje-design.de
Lektorat: Kassandra Sperl
Korrektorat: Heike Knopp-Sullivan

Verlag: BoD · Books on Demand GmbH, In de Tarpen 42,
22848 Norderstedt, bod@bod.de
Druck: Libri Plureos GmbH, Friedensallee 273,
22763 Hamburg

ISBN: 978-3-7693-1243-0

Die Deutsche Nationalbibliothek verzeichnet diese
Publikation in der Deutschen Nationalbibliografie;
detaillierte bibliografische Daten sind im Internet über
http://dnb.dnb.de abrufbar.

Maike Claußnitzer

OKTOBER PERLEN

Ebenfalls von Maike Claußnitzer erschienen:

OKTOBERPERLEN

Mathilde sollte nichts bereuen, und es war an Ivar, dafür zu sorgen, dessen war er sich sehr sicher. Schließlich hatte sie fast alles, was ihr Leben ausgemacht hatte, aufgegeben, um ihn aus einer erbärmlichen Gefangenschaft zu retten, und im Gegenzug nicht viel bekommen, nämlich nur einen bescheidenen Posten bei den Wachen des Hochgerichts von Castra Nova, für den sie viel zu gut war, und außerdem eben einen angeschlagenen Ivar zurück.

Zumindest das sollte sich für sie lohnen, und so hatte er, seit sie sich wiederhatten, an jedem Monatsende einen Teil seines Schreiberlohns zum Markt getragen und ihr eine bunte Glasperle gekauft. Mit der Zeit würden es genug sein, um die Kette zu ersetzen, die sie früher gern getragen hatte und die wie so vieles aus ihrer Vergangenheit in fremden Händen verschwunden war, um das Geld für den Freikauf ihres Mannes zusammenzubringen.

Bisher waren es allerdings erst vier Perlen: für den Juni eine rote mit fröhlichen weißen Pünktchen, für den hier oben an der Küste immer regnerischen Juli eine tiefblaue, für den heißen August eine gelbe, in die sich feuerfarbene Streifen mischten, und für den September, der mehr als die anderen Monate zählte, weil Mathilde darin geboren war, keine gewöhnliche runde, sondern eine auffällige langgestreckte in leuchtendem Meergrün.

Die Oktoberperle, die nun anstand, durfte wieder eine kleinere werden, aber die Auswahl wollte wohlerwogen sein, schon bevor man einen Fuß auf den Markt setzte. Die Hoffnung, gute neustrische Perlen wie die, aus denen Mathildes alte Kette bestanden hatte, zu bekommen, hatte Ivar ohnehin früh begraben müssen, weil sie hier oben rar und damit einigermaßen unbezahlbar waren, aber auch unter den örtlichen gab es beträchtliche Unterschiede. Der Kerl, der die Septemberperle gefertigt hatte, verstand sein Handwerk zwar hervorragend, war aber bei dem Kauf unverzeihlich unhöflich gewesen, so dass es sich anbot, anderswo zu suchen, aber die Frau, von der die Juniperle kam, die wohl als zweitbeste in der kleinen Auswahl gelten konnte, stammte von außerhalb und war nur in unregelmäßigen Abständen in Castra Nova, so dass nicht abzuschätzen war, ob man sie in den nächsten Tagen überhaupt antreffen würde. Es war wieder eine warme Farbe an der Reihe, so viel war gewiss, und ...

In diese wichtigen Überlegungen wehte der erste Herbststurm Ratte und damit Ärger herein. Obwohl Wind und Regen jeden Aufenthalt im Freien gerade bestenfalls unerfreulich, wenn nicht gar gefährlich machten, kam sie, ein Lächeln auf den Lippen, ebenso vergnügt wie unangekündigt in die Hochgerichtskanzlei spaziert und schien sich kein bisschen daran zu stören, dass der nasse Umhang, in den sie gehüllt war, eine Tropfenspur durch den Gerichtssaal hinterlassen hatte.

Der Mantel aus schwerem, dunklem Stoff wirkte neu und konnte nicht billig gewesen sein; danach zu urteilen, hatte der Sommer es wohl gut mit ihr gemeint.

»Keine Angst«, sagte sie denn auch in die Runde, nachdem die Überraschung, die ihr Erscheinen ausgelöst hatte, und die üblichen Höflichkeiten zur Begrüßung überstanden waren,

»ich komme nicht, um nach Arbeit zu fragen; davon habe ich gerade mehr als genug.«

»Ein Freundschaftsbesuch also?«, fragte die Richterin, und obwohl ihr Tonfall nicht mehr als milde Neugier verriet, bezweifelte Ivar im Stillen sehr, dass sie oder irgendjemand sonst hier das, was sie alle mit der Söldnerin verband, die in Aquae Calicis bisweilen als Spionin in Gerichtsangelegenheiten gedient hatte, als Freundschaft im eigentlichen Sinne bezeichnet hätte.

Es war mehr als eine alte Bekanntschaft und hatte gut genug gehalten, um vereinzelt Briefe hin- und hergehen zu lassen, seit der Sturz der Vögtin von Aquae Herrad und ihr Gefolge in die Seemark, Ratte hingegen zu Verwandten ihres Mannes auf ein Gut ein Stück südöstlich von dort verschlagen hatte, aber so tiefes Vertrauen, dass sie alles Wissenswerte auch tatsächlich voneinander gewusst hätten, herrschte nicht zwischen ihnen. Abgesehen davon hatte Ivar Alfreda, wie Ratte jenseits dieser wenig schmeichelhaften Bezeichnung hieß, noch nicht ganz verziehen, dass sie zwar in Erfahrung gebracht hatte, dass man ihn in Corvisium festgenommen hatte, dann aber, nachdem sie Mathilde davon in Kenntnis gesetzt hatte, keinen Finger mehr für ihn gerührt hatte und auch erst nach vollen acht Wochen nachgefragt hatte, ob er nun eigentlich immer noch dort im Burgkerker sitze oder »wieder zu gebrauchen« sei.

Eine willkommene Ablenkung war Rattes Anwesenheit für diejenigen in der Kanzlei, die nicht ungestört über Glasperlen nachsinnen wollten, aber auf jeden Fall, denn der Tag hatte sich für die Richterin und ihre drei Schreiber bisher zäh hingezogen. Die leidige Erbschaftsangelegenheit um schwer durchschaubare, an tausenderlei Bedingungen geknüpfte Fischrechte, die sie nun schon seit knapp einer Woche beschäftigt hielt und am

7

nächsten Dienstag zur Verhandlung kommen sollte, war einer Klärung keinen Schritt näher als zu Anfang, und der Weg durch unzureichende Urkunden und zweifelhafte Zeugenaussagen noch weit.

»Auch«, sagte Ratte nun und ließ sich auf Herrads auffordernde Handbewegung hin auf dem einzig freien Stuhl nieder, während der Sturm an den Fensterläden rüttelte und die Dachbalken knarrten. »Aber vor allem bringe ich eine Warnung, von der ich nicht weiß, wie wichtig sie ist und wem genau sie gilt. Jemandem hier, so viel steht immerhin fest.«

Sie hätte gern darauf verzichten können, mit solch einem spöttischen Lächeln ausgerechnet Ivar anzusehen, als hätte sie durchaus einen Verdacht.

»Das lasst Ihr ja sehr geheimnisvoll klingen«, bemerkte Herrads zweiter Schreiber Stig, der nicht mehr als nötig von Ratte hielt. Glücklicherweise hatte das seinen Grund eher in ihrer Person als in ihrer Tätigkeit, denn sonst hätte er wohl auch Ivar nicht leiden können, der bis zu diesem Frühjahr für die damalige Vögtin von Aquae Calicis ganz ähnliche Aufgaben verrichtet hatte.

Ratte lächelte in sich hinein. »Das ist es auch, aber nicht unwichtig, da werdet Ihr mir zustimmen, wenn Ihr erst wisst, was ich gehört habe. Ihr kennt doch alle das ›Wilde Wasserweib‹ unten am Hafen?«

»›Kennen‹ ist zu viel gesagt«, beschied sie Wulfila, der Mann und zugleich erste Schreiber der Richterin, unter allgemeinem Nicken, denn dass es die Schenke unweit der Flussmündung gab, wussten sie zwar, doch soweit Ivar es einschätzen konnte, hatte noch niemand aus ihrer kleinen Schar dort getrunken oder gefeiert. Die auf die Tür gemalte fischschwänzige Gestalt, die, wie Ardeija, der Hauptmann von Herrads Wachen, einmal gescherzt hatte, zwar aus dem Meer stammen mochte, aber ganz gewiss keine Jungfrau war, konnte man aber im Vorübergehen gar nicht übersehen, und die Bezeichnung, die dem ganzen Haus den Namen gegeben hatte, war dem wüsten grünen Haarschopf und den unheilvoll blickenden Augen durchaus angemessen.

Ratte winkte ab. »Lasst die Spitzfindigkeiten, Ihr wisst jedenfalls, was gemeint ist. Ich war vorhin dort, um etwas zu erfragen, und habe eher zufällig mit angehört, wie drei Leute, mit denen ich nichts zu schaffen hatte, sich unterhalten haben ... In deiner Muttersprache übrigens.« Wieder ruhte ihr Blick auf Ivar. »Und einer von den dreien hat offensichtlich ein Anliegen an jemanden hier, wenn ich auch nicht weiß, welches.«

Nach dieser Einleitung hatte sie allerdings endlich Erbarmen und begann einen vernünftigen Bericht über das, was sie eher durch Zufall im »Wilden Wasserweib« aufgeschnappt hatte. Ihre Worte malten das Bild eines niedrigen Schankraums unter einer rußgeschwärzten Decke, in dem dafür, dass es noch so früh am Tag war, bereits ein gewisser Betrieb herrschte, weil das schlechte Wetter die Leute unter das nächstbeste Dach trieb, zumal, wenn dort auch noch billiges Bier zu bekommen war.

Dafür, dass es nicht viel kostete, schmeckte es allerdings gar nicht so schlecht, und Ratte war über einem Krug davon gerade mit dem Gespräch fertig geworden, das sie hierhergeführt hatte, als ein graubärtiger alter Kerl auf der Bank neben der Tür einen seiner beiden Begleiter anfuhr, das käme unter keinen Umständen infrage.

Er war laut genug geworden, um ein paar Köpfe zu ihm herumfahren zu lassen, aber da keine Prügelei ausbrach und er sich zudem einer Sprache bedient hatte, die selbst hier im Norden Austrasiens nicht allzu vielen vertraut war, wandten sich die meisten Gäste gleich wieder ab, und nur Ratte spitzte rein gewohnheitsmäßig die Ohren, als er hinzufügte: »Bei Frau Herrad? Das wäre doch viel zu gefährlich!«

»Damit, dass er ausgerechnet bei einer Richterin landen würde, hätte ich ja auch nicht gerechnet«, sagte darauf entschuldigend der blonde und vielleicht auf sein vierzigstes Jahr zugehende Mann, den er eben so rüde zur Ordnung gerufen hatte. »Aber wenn er nun einmal da ist, muss ich mit ihm sprechen.«

»Manche Dinge lässt man besser ruhen«, gab die Dritte in der Runde, eine recht herbe Frau in seinem Alter, zu bedenken, und der Bärtige bekräftigte, das sei so, gerade, wenn derartige längst vergangene Geschichten einen ins Haus einer Richterin zu führen drohten.

»Und wenn er jetzt in deren Diensten steht, wird er gar nicht wollen, dass du ihn besuchst und ihm die Sache noch verdirbst, indem du aufstörst, was besser verborgen bleiben sollte«, setzte er hinzu, als der andere immer noch nicht einlenkte, sondern nur zweifelnd in seinen Bierkrug sah. »Du wirst ihm nur Ärger machen, und dir selbst und uns auch mehr als genug.«

Die Frau nickte entschieden, und da alle drei daraufhin schwiegen, konnte Ratte keine weiteren Einzelheiten belauschen, weil es aufgefallen wäre, wenn sie ihren Aufbruch aus der Schenke noch weiter hinausgezögert hätte.

»Gut«, sagte Ivar, sobald sie mit dieser bedauernden Bemerkung geschlossen hatte. »Wer sind die Leute?«

Ratte musterte ihn erheitert. »Bist du hier über die letzten Monate tatsächlich so faul geworden, dass du mich das fragen musst? Ich habe dir doch genügend Einzelheiten genannt, um eine entsprechende Nachforschung nicht weiter schwierig zu machen. Einen Nachmittag damit zu verbringen, würde dir gewiss nicht schaden, um wieder in Übung zu kommen.«

Ivar fragte sich, ob sie den Köder auswarf, weil sie selbst seine Hilfe brauchen konnte, ohne es offen zugeben zu wollen, oder weil jemand von ihr verlangt hatte, herauszufinden, ob er in seinem beschaulichen Schreiberdasein in der Seemark noch eine große Gefahr für die Welt darstellte. Die unschuldigste Erklärung, dass sie einfach Vergnügen daran fand, ihn zu ärgern, würde nicht zutreffen, denn bei Ratte war nie etwas derart harmlos.

»Manche Beschäftigungen gibt man gezwungenermaßen auf, andere mit Freuden«, erwiderte er und vermerkte nicht ohne Befriedigung, dass ihre belustigte Miene einer nachdenklichen wich.

Nun sah die Richterin den Zeitpunkt gekommen, in das Gespräch einzugreifen. »So sehr wir alle Euch Euren Spaß gönnen, Frau Alfreda – ich kann heute keinen meiner Schreiber für den halben Tag entbehren, solange es nicht gerade um Leben und Tod geht, also seid so gut, uns zu sagen, was Ihr wisst, und macht kein Spiel daraus.«

Ratte nickte. »Ihr habt Recht«, gab sie sich einsichtiger, als sie vermutlich in Wahrheit war, »also hört her. Natürlich habe ich ein wenig herumgefragt, allein schon aus Neugier, und es sind trotz der Sprache Leute aus der Gegend, wie Ihr Euch gedacht haben werdet; wer Euch auf Anhieb ›Frau Herrad‹ nennt, muss sich ja halbwegs auskennen. Jedenfalls stammen sie von einem Hof unten am Rabenwald, keine zwei Wegstunden von hier, und haben eine Fuhre gutes Holz zu einem der Schiffbauer unten am Hafen gebracht. Der alte Kerl heißt Olaf, soll vor Jahrzehnten aus dem Norden hergekommen sein und auf dem Hof eingeheiratet haben, und seine Tochter – das ist die Frau, eine gewisse Adalwi – hat es lustigerweise genau wie ihre Mutter gemacht und einen Mann aus der Fremde genommen, nur, dass der irgendwo weit im Süden geboren sein soll. Das ist Felix, wie man mir gesagt hat. Er war auch der Einzige der drei, bei dem ich mir gleich gedacht habe, dass er nicht in seiner Muttersprache redet ... Oder Vatersprache, wie man bei Adalwi ja wohl sagen muss.« Sie zwinkerte. »Nun wisst Ihr, dass sie nicht mit dem nächsten Schiff wieder in die Ferne verschwinden werden, denn einer, der beim Rabenwald wohnt, kann jederzeit hier wieder auftauchen, wenn er so dringend einen von Euch sprechen will.«

Auf weitere Nachfragen hin versicherte sie nur, dass mehr binnen so kurzer Frist und angesichts anderer Belange, um die sie sich habe kümmern müssen, wirklich nicht in Erfahrung zu bringen gewesen sei.

»Ich gehe aber davon aus, dass die drei über Nacht in der Stadt bleiben werden, wenn das Wetter sich weiter so entwickelt«, schloss sie mit einem Blick auf die Fensterläden, die eben unter der nächsten Windböe erbebten. »Falls jener Felix also noch auf dumme Gedanken kommt und sich heute herwagt, solltet ihr lieben Schreiber allesamt überlegen, ob es noch etwas gibt, das ihr Frau Herrad besser beichtet, bevor ein anderer es ihr erzählt.«

Das Lächeln nicht ohne Bosheit, das diesem wohlmeinenden Rat folgte, galt offensichtlich nur Ivar, und sie hätte es wohl gern gehabt, wenn er etwaige gefährliche Geschichten noch in ihrer Anwesenheit ausgebreitet hätte. Das allerdings hätte er nicht einmal dann getan, wenn es tatsächlich etwas zu erzählen gegeben hätte und ihm die ganze Angelegenheit nicht ein völliges Rätsel gewesen wäre.

Der einzige Felix, der ihm auf Anhieb einfiel, war ein nicht weiter auffälliger Diakon von der Bischofskirche in Aquae, aber es wäre Ivar neu gewesen, dass der Mann sowohl die Haarfarbe gewechselt als auch in den Norden geheiratet hatte und dadurch auf einen Schlag um mindestens zehn Jahre gealtert war. Wenn der Name dagegen ein falscher oder spät angenommener war, mochten sich unzählige Bekannte dahinter verbergen, doch keinem, der auf ein Wiedersehen mit ihm erpicht war, hätte Ivar zugetraut, darüber erst behäbig mit der halben Familie zu verhandeln, und noch dazu in aller Öffentlichkeit in einem Gasthaus.

»Ehrlich gesagt würde es mich mehr kümmern, wenn dieser Olaf mich sprechen wollte, der ja schon ein alter, grauer Mann sein soll«, entgegnete er, eigentlich nur, um Ratte zu ärgern, denn mit der Bemerkung, die sich auf weit Zurückliegendes bezog, würde sie nichts anfangen können. »Aber das Glück werde ich nicht haben.«

Leider tat Ratte ihm nicht den Gefallen, sonderlich verwirrt dreinzusehen, und selbst wenn sie es getan hätte, wäre ihm nur wenig Zeit geblieben, den Augenblick auszukosten, denn Herrad fragte: »Wie kommt Ihr denn eigentlich darauf, dass Euer Felix einen Schreiber sprechen will? Aus dem, was er gesagt hat, geht doch nur hervor, dass er einen Mann in meinen Diensten wiedererkannt hat. Wir haben hier auch noch Krieger und Pferdeknechte, sogar einen Koch, wenn wir es ganz genau nehmen wollen.«

Ratte schüttelte lachend den Kopf. »Mag sein, aber diejenigen, bei denen es einen am meisten wundert, dass sie bei einer Richterin gelandet sind, sitzen doch hier, meint Ihr nicht?«

Damit hatte sie wohl nach ihrem eigenen Dafürhalten genug zu der Sache gesagt, denn übergangslos lenkte sie das Gespräch auf allerlei Nachrichten und Gerüchte aus Aquae, die ihr aus sicherer Quelle zugegangen waren. Der neue Vogt hatte die uralte Jupitersäule niederlegen lassen, vorgeblich, um eine Straße zu verbreitern, in Wahrheit aber wohl, weil ihm diese Erinnerung an heidnische Zeiten schon seit seinem Amtsantritt ein Dorn im Auge gewesen war. Da gleich am Tag nach dem Abriss, vor kaum einer Woche, ein Blitz in den Burgturm gefahren war und der brennende Dachstuhl nur unter großen Mühen hatte gelöscht werden können, hatte er sich jedoch keinen Gefallen damit getan, sondern wohl höhere Mächte und mit ihnen die halbe Stadt gegen sich aufgebracht, so sehr, dass schon Leute geäußert hatten, zu Frau Placidia Justas Zeiten sei vieles besser gewesen.

Zu dieser Einzelheit äußerte die Richterin sich nicht, und auch Ivar hütete sich, etwas dazu zu sagen. Von außen und mit kühler Vernunft betrachtet, hatte das Leben sich vor dem Sturz der Vögtin für sie alle angenehmer gestaltet, für Herrad, die ihr auf Lebenszeit sicher geglaubtes Amt in Aquae Calicis gegen eines in einer unbedeutenden Stadt an dieser rauen Küste hatte tauschen müssen, für ihre verbliebenen Gefolgsleute, die hier erst allmählich Fuß fassen konnten, und natürlich auch und vor allem für Mathilde, die Justas Schwertmeisterin gewesen war und nun statt einer ganzen Burg, die zu ihr aufsah, viel zu wenig hatte, weil ihr Mann ihr wichtig genug gewesen war, auch noch auf den Rest der einstigen Herrlichkeit zu verzichten, was ihn zwar unendlich rührte, ihm aber ein schlechtes Gewissen machte, wann immer er daran dachte, dass sie es ohne ihn auch heute noch einfacher gehabt hätte.

Angesichts dessen hätte auch Ivar eigentlich nur bekümmert über das Verlorene sein dürfen, und im Stillen schämte er sich fast, dass er stattdessen seit Monaten geradezu unanständig zufrieden war und nicht zurückhaben wollte, was einmal gewesen war. Nun gut – das Geld, das in seinen Freikauf geflossen war, hätte er genommen, denn die Bußzahlung, die er kurz darauf zum Ausgleich dafür erhalten hatte, dass bei einem Mordanschlag, der einem anderen gegolten hatte, unabsichtlich auch er verletzt worden war, wog nicht einmal annähernd auf, was Mathilde und er hatten ausgeben müssen, und war nur ein bescheidener Grundstock für neue Ersparnisse. Aber der Spitzel der Vögtin zu sein, vermisste er weit weniger, als ihm die anderen hier es wohl zutrauten, Ratte nicht ausgenommen, die jetzt mit den Worten aufbrach, sie werde einmal feststellen, ob der Koch und Schwiegervater der Richterin etwas Wegzehrung für sie habe, da sie heute bei diesem fürchterlichen Wetter noch dringend bis auf die andere Seite der Bucht gelangen müsse.

»Vielleicht komme ich ja in ein paar Tagen auf dem Rückweg wieder hier vorbei«, drohte sie an, um dann mit einem Winken zum Abschied die Kanzlei zu verlassen und sich durch die Seitentür des Gerichtsgebäudes auf den im Sturm menschenleer daliegenden Hof hinauszuwagen.

Die geschlagene Viertelstunde, die sie im Anschluss daran drüben im Wohnhaus zubrachte, bevor sie, ihr Bündel gewiss mit mehr Essbarem, als sie verdient hatte, vollgestopft, vorbei am Lindenstumpf wieder aufbrach und im Davongehen noch einen letzten neugierigen Blick zum geschlossenen Kanzleifenster warf, ließ hoffen. In der Tat waren sie sich noch nicht ganz einig geworden, wer zu Wulf gehen und ihn fragen sollte, ob er von Ratte mehr erfahren hatte, als er schon selbst, vom Wind gebeutelt, über den Hof kam und zu der inzwischen um den Hauptmann von Herrads Wachen ergänzten Runde hinzustieß.

»Wer ist Felix?«, fragte er gleich im Eintreten vergnügt und tat nicht einmal so, als wären die Haselnüsse, die er unter seinem Mantel hervorzauberte, um ihnen allen die weitere Arbeit zu versüßen, der wahre Grund für sein Erscheinen.

»Du kennst ihn also auch nicht«, bemerkte Herrad. »Gemeinschaftlich sind wir bisher auf einen Diakon der Bischofskirche in Aquae, einen Mönch im Hafenkloster daselbst, der oft bei der Armenspeisung geholfen hat, und einen Gemüsebauern, der dort regelmäßig auf dem Markt etwas verkauft hat, gekommen, aber keiner der drei ist im richtigen Alter für die Beschreibung, die Ratte uns gegeben hat, und ohnehin hätten sie wohl alle keinen Anlass, jemanden hier sprechen zu wollen.«

»Vor allem nicht in solcher Heimlichkeit, wie Ratte andeutet«, setzte Stig kopfschüttelnd hinzu. »Denn was für eine alte Bekanntschaft sollte es sein, die einem von uns hier etwas verderben könnte?« Er sah die Richterin an. »Unsere schlimmsten Geschichten kennt Ihr schließlich längst, *domina*, und wenn man es genau nimmt, sind sie ja ohnehin nicht so fürchterlich, dass daraus viel Ärger erwachsen könnte.«

Angesichts der Tatsache, dass Stigs »schlimmste Geschichte« sich darauf beschränkte, nach der Schlacht von Bocernae ein gutes Hemd seines gefallenen Herrn widerrechtlich an sich genommen und gegen eine Mitfahrt auf einem Bauernkarren eingetauscht zu haben, weil er sonst mit einem frisch verletzten Bein nicht weit gekommen wäre, zeugte es von Großmut, alle anderen Anwesenden in seine Aussage einzuschließen.

Recht hatte er allerdings damit, dass nichts von dem, was über irgendjemanden hier noch ans Tageslicht kommen konnte, Herrad sehr erstaunt hätte. Sie war keine Frau, die dazu neigte, sich lange darüber zu täuschen, wen sie vor sich hatte, und beschäftigte in Kanzlei, Kriegerschar, Haus und Stall gewiss niemanden, den sie nicht trotz aller früheren Fehler und

Missetaten für vertrauenswürdig hielt. Eine für einen inzwischen in Gerichtsdienste getretenen Menschen unpassende alte Bekanntschaft allein hätte nicht ausgereicht, daran etwas zu ändern.

»Unbestreitbar«, sagte Herrad denn auch nur. »Aber wir wissen auch nicht, ob die geheimnisvollen Leute das wirklich befürchten oder ob es sich nur um einen vorgeschobenen Grund handelt, weil sie Felix aus anderer Ursache nicht gern zum Hochgericht gehen lassen wollen. Denn anscheinend halten sie mich ja für gefährlich.«

Daran taten sie gut, aber das laut auszusprechen, wäre wohl nicht sonderlich taktvoll gewesen.

»Fragt sich nur, was sie zu verbergen haben, wenn sie glauben, dich fürchten zu müssen«, gab Wulfila zu bedenken, der sich erstaunlicherweise noch nicht über die Haselnüsse hergemacht hatte. »Uns liegt derzeit keine Klage gegen einen Felix, eine Adalwi oder einen Olaf vor, auch keine gegen Unbekannte, ganz abgesehen davon, dass wir anscheinend von seit längerer Zeit in der Gegend ansässigen Bauern reden, die damit nicht gerade schwer aufzuspüren sind und überdies auch keine Scheu zu haben scheinen, sich offen in der Stadt zu zeigen. Unter welchen Umständen kann man sich behaglich ins ›Wilde Wasserweib‹ setzen, ohne Angst zu haben, dass die gefürchtete Richterin einen dort aufgreifen lässt, sich aber gleichzeitig scheuen, ihr unter die Augen zu kommen?«

Ardeija hatte das Gespräch bisher schweigend verfolgt und seinen kleinen Drachen Gjuki, der auf dem ledernen Einband der *Leges et constitutiones* döste, gekrault, aber nun sah er auf. »Das geht sehr gut, wenn einer von ihnen jemand ist, den sie wiedererkennen und zurück nach Aquae schicken könnte, weil er sich dort noch für etwas zu verantworten hat ... Am ehesten wohl Felix selbst, denn der soll doch von weiter aus dem Süden stammen.«

Herrad schüttelte den Kopf. »Dann müsste er aber mindestens ein bislang ungestraft davongekommener Mörder sein, denn wer gerade erfolgreich gutes Bauholz verkauft hat, sollte im Zweifelsfall die nötigen Mittel haben, um die Buße für irgendein lässliches Vergehen zu zahlen, es sei denn, er wäre bis über beide Ohren verschuldet. Aber ich kann mich an keinen entflohenen Verdächtigen in einer großen Sache erinnern, auf den die Beschreibung passt, und all der Kleinkram aus Niedergerichtszeiten ist entweder längst verjährt oder auch so vollkommen unbedeutend.«

»Wer sagt denn, dass es ein Verdächtiger ist und nicht ein längst Verurteilter?«, fragte Wulf. »Dann könnte er sehr wohl meinen, jemandem etwas zu verderben, weil die Bekanntschaft an sich schon übel genug wirken würde, auch ohne dass sein alter Freund hier selbst etwas angestellt hätte, und wenn er sich seinerzeit einer Buße oder Strafe entzogen hat, hätte er auch noch genug zu fürchten.«

Ardeijas Finger, die immer noch auf dem Drachenrücken ihr Werk taten, erstarrten. »Gott steh mir bei, was, wenn es Messer-Ortnit ist? Der sieht in etwa so aus, wie Ratte den Kerl geschildert hat, und das Letzte, was wir von ihm wissen, ist, dass er ein zweites Mal aus den Steinbrüchen geflohen ist.«

»Den hätte Alfreda aber erkannt«, gab Ivar zu bedenken und sagte sich, dass selbst ein noch so krummer Rattensinn wohl nicht boshaft genug gewesen wäre, ihnen solch eine Einzelheit zu verschweigen, ganz abgesehen davon, dass ein gewohnheitsmäßiger Verbrecher und mehrfacher Mörder wie Ortnit schon eine beträchtliche Wandlung hätte durchmachen müssen, um über längere Zeit einen harmlosen Bauern auch nur leidlich überzeugend zu spielen oder gar ernsthaft zu ihm zu werden. »Das hat sie doch auch dir gegenüber nicht angedeutet, nicht wahr, Wulf?«

»Nein«, sagte Wulf. »Das Einzige, was sie, zartfühlend, wie sie nun einmal ist, *angedeutet* hat, war, dass ich mich darum kümmern müsse, unauffällig der Frage nachzugehen, ob mit deinem Kopf noch alles ist, wie es sein sollte. Dass du nicht schon während ihres Aufenthalts in meiner Küche losgezogen bist, um ihre Geschichte zu überprüfen, hat sie zutiefst verstört.«

»Die verstört so schnell nichts«, entgegnete Ivar, unsicher, ob er gekränkt oder über den Anflug von Besorgnis, der aus Rattes Einschätzung sprach, fast ein wenig gerührt sein sollte. Da er ihr eigentlich immer noch grollte, entschied er sich für Ersteres.

»Das hier aber sehr wohl.« Wulf musterte ihn und mochte ihm mehr von seinen Überlegungen anmerken, als Ivar gern sichtbar werden lassen wollte, aber der alte Mann beobachtete ja immer zu viel und war damit, dass er es schon von Ivars ersten Tagen in Herrads Diensten an getan und danach gehandelt hatte, einer der Hauptschuldigen daran, dass er sich so über Ratte ärgerte, denn wenn Leute, von denen man es nicht erwartete, unverhofft gut zu einem waren, lernte man, nachtragend gegenüber denen zu sein, die einen nicht so angenehm überraschten.

Gleich zu Beginn von Ivars neuem Leben, als er bei aller Dankbarkeit dafür bisweilen verunsicherter gewesen war, als er es nach außen hin je eingestanden hatte, war Wulf nämlich in einem Augenblick der Ruhe nach einem langen Kanzleimorgen zu ihm in den Garten gekommen und hatte eine dampfende Teeschale mit einem Gebräu, zu dem außer dem zu erwartenden Tee noch Apfelwein und das starke Sanddornzeug, das man hier an der Küste bekommen konnte, gehörten, auf dem flachen Stein unter dem Apfelbaum abgestellt.

»Trinkt das, Ihr seht aus, als ob Ihr es nötig habt«, hatte er gesagt und vermutlich weder das gebrochene Handgelenk noch den verstauchten Fuß, die Ivar damals geplagt hatten, gemeint. »Die Mischung hilft gegen alles, und mit dem Sanddorn ist sie noch besser, als sie unten in Aquae mit gewöhnlichem Branntwein war.«

Ivar hatte artig gedankt, sich aber gehütet, gleich allzu begierig nach der unverhofften Gabe zu greifen. »Warum tut Ihr das für mich?«, hatte er stattdessen gefragt, und wäre es nicht eben einer jener ersten sonderbaren Tage gewesen, hätte er es wohl unausgesprochen gelassen, aber in der lastenden Mittagshitze, die selbst in den Apfelbaumschatten drang, war seine Neugier stärker gewesen als seine Vernunft.

Wulf hatte seinen Blick ruhig erwidert. »Ich weiß doch, wie es ist.«

Wie es war, äußerlich wie innerlich wund aus einer ungerechten Haft zurückzukommen und gleich wieder auf den Beinen sein zu müssen, wusste er in der Tat, aber das war es nicht gewesen, worauf Ivars Frage abgezielt hatte.

»Das wisst Ihr, ja«, hatte er am Ende gesagt, »also noch einmal mit besserer Betonung: Warum tut Ihr das für *mich*? Glaubt nicht, dass ich nicht mitbekommen habe, dass Ihr mich ein Wiesel nennt, wenn Ihr hofft, dass ich es nicht höre.«

Wulf hatte es nicht geleugnet, sondern nur die Teeschale auf dem Stein ein wenig näher an Ivar herangeschoben. »Ist Euch dabei denn nie in den Sinn gekommen, dass ein Wiesel zwar bissig und einigermaßen tödlich sein mag, wie Euch jede Maus bestätigen wird, aber zugleich recht unterhaltsam zu beobachten und liebenswert ist? Wenn ich beleidigend hätte werden wollen, hätte das ganz anders geklungen.«

Ivar wusste bis heute nicht, ob das nur schlagfertig oder vollkommen ernst gemeint gewesen war, aber es hatte ihn halb gegen seinen Willen zum Lachen gebracht, und dass Wulf mitgelacht hatte, war eine Grundlage gewesen, den ganzen langen Sommer über und auch den Herbst hindurch im Gespräch zu bleiben und irgendwann füreinander zu »Du, Wulf« und »Du, Ivar« zu werden.

Abgesehen davon kümmerte Wulf sich seit jenen Junitagen rührend um Sigrid, auch wenn sie nach wie vor die Tochter eines Wiesels war, und um die anderen beiden kleinen Mädchen, die derzeit zum Haushalt gehörten. Eigentlich hätte es für einen Einzelnen zu viel sein sollen, nicht nur für alle zu kochen, sondern nebenher noch dafür zu sorgen, dass bei drei übermütigen Kindern, die der örtliche Schulmeister aus kleinlichen Gründen nicht hatte haben wollen, etwas Latein und ein paar Runen hängenblieben, aber Wulf hatte bisher noch nie darüber geklagt, und es war schon ganz gut, wie es war.

Das allerdings galt nicht für Rattes Herumschleichen hier und ihre Sicht der Dinge.

»Wenn ihr Ivars vermeintlicher Zustand so zu schaffen macht, dann wüsste ich gern, ob wir reine menschliche Anteilnahme dahinter vermuten sollten oder ganz andere Gründe«, bemerkte auch Herrad nun und sah ihn an. »Wie ist das? Könnte sie ein Anliegen haben, für das sie denjenigen, den sie sprechen möchte, gern allein in der Stadt zu fassen bekommen würde, so dass sie vorhin vielleicht nur einen Köder ausgeworfen hat?«

»Wenn ja, dann kann sie jetzt beweisen, ob sie sich tatsächlich auf ihr Handwerk versteht«, sagte Ivar kurzentschlossen und stand auf. »Denn wenn es ihr gelingt, mich auf dem

Weg zum ›Fetten Aal‹ abzufangen, ist sie so gut, dass sie es sogar verdient hat, dass ich mir anhöre, was sie von mir will, wenn da tatsächlich etwas ist.«

»Schöne Grüße an Hagano«, entgegnete die Richterin nur, und vielleicht war es nicht einmal ein Scherz.

Wind und Regen waren genug, Ivar schon nach dem ersten Schritt auf den Hof überlegen zu lassen, ob sein Einfall tatsächlich ein glücklicher gewesen war, aber dass ihnen bei einer Nachforschung, die im weitesten Sinne das Hafenviertel betraf, der ehemalige Wegelagerer aus Corvisium, der mittlerweile Schankknecht im »Aal« war, weiterhelfen konnte, stand nun einmal fest, und so war es besser, nicht zu viel nachzudenken, sondern den Weg quer durch den Stall und über den Zaun dahinter zu nehmen, um auf verschlungenen Pfaden eine Straße weiter zu dem Wirtshaus zu gelangen, in dem die Krieger des Hochgerichts gern tranken.

Der Name »Fetter Aal« war, wie Ivars Bruder Gorm behauptete, ein sehr ehrlicher, bezeichnete er doch das, was man im Magen haben musste, um halbwegs zu vertragen, was dort ausgeschenkt wurde. So früh am Tag war die Vordertür hier, anders als im »Wilden Wasserweib«, noch verschlossen, aber wenn man sich von hinten ins Haus schlich, konnte man still und leise auf den Dachboden gelangen, ohne die Wirtin unten zu stören, und oben Hagano finden, der an trüben Tagen wie diesem seine freie Zeit vor der Öffnung der Schenke gern mit Schnitzen zubrachte und einem Störungen, die ein Abenteuer verhießen, nie übelnahm.

Ivar hatte ihn schon während ihrer gemeinsamen Haft im Kerker des Markgrafen und bei der damit verbundenen Arbeit in den Torfstichen kennengelernt, aber nicht gut genug, um hoffen zu können, in ihm einmal einen Verbündeten zu finden.

Die Entwicklung hatte sich erst später ergeben, als Ivar gerade wieder auf freiem Fuß gewesen war.

Der verwickelte Mordfall, der mittelbar zu Ivars Befreiung beigetragen hatte, war auch dafür verantwortlich gewesen, dass Hagano nach einer bald wieder beendeten Flucht zeitweise in einer Zelle des Hochgerichts gesessen und mit einem ebenfalls dort festgehaltenen Diebstahlsverdächtigen Freundschaft geschlossen hatte, und das so gut, dass sein neuer Bekannter nach dem nächsten Gerichtstag nicht nur seine eigene Buße, sondern auch die für Hagano bezahlt und ihn damit vor drei langen Jahren im Moor bewahrt hatte. Bei seinem großzügigen Retter war Hagano auch für die ersten paar Tage untergekommen, und man hatte allgemein damit gerechnet, dass er sich bald aus der Stadt fortmachen oder dort zumindest vorläufig auf Unauffälligkeit bedacht sein würde.

Stattdessen war er keine Woche nach seiner Entlassung beim Hochgericht aufgetaucht, und das freiwillig, um sich bei einer mehr als erstaunten Richterin in aller Form zu bedanken. »Wenn Ihr mich nicht bei den Torfschuppen aufgespürt und hier eingesperrt hättet, wäre es mir schlechter ergangen, denn entweder wäre ich jetzt nicht frei, oder nur so halb, weil ich doch immer fürchten müsste, dass sie mich noch wieder einfangen«, hatte er nicht unzutreffend ausgeführt. »Wenn ich also umgekehrt einmal etwas für Euch tun kann ... Wir Geisterseher müssen doch zusammenhalten, nicht wahr?«

Herrad war schlicht zu verblüfft gewesen, um zu widersprechen, und hatte am Ende ein paar freundliche Worte gefunden, aber wohl nicht geplant, je auf das Angebot zurückzukommen. Vielleicht wäre das auch nicht geschehen, wäre Hagano auf dem Weg aus der Kanzlei hinaus nicht vor Ivar stehen geblieben, um zu sagen: »Das gilt übrigens auch für dich, weißt du?

Nicht das mit dem Geistersehen natürlich, aber das Übrige. Ich habe nicht vergessen, was du getan hast, als es mir am Tag nach dem Mord so schlecht ging. Wie geht die Geschichte eigentlich aus? Du bist nie dazu gekommen, mir das zu sagen.«

»Gut«, hatte Ivar, nicht weniger überrumpelt als kurz zuvor die Richterin, erwidert. »Sie kommt in den Grabhügel hinein und findet dort nicht nur das Schwert, sondern auch viele Schätze. Und ist fortan die reichste Frau in der Gegend, und den Kampf, für den sie das Schwert wollte, gewinnt sie auch.«

»Und erschlägt sie den Kerl, ja?«, hatte Hagano begierig gefragt, ohne sich darum zu scheren, dass alle anderen in der Kanzlei in höchster Verwirrung diesen Austausch verfolgt hatten.

Ivar war ehrlich gewesen. »Manchmal, wenn mein Bruder die Geschichte erzählt. Aber wenn ich sie erzähle, haben sie einander in dem Kampf gegenseitig so beeindruckt, dass es ihr genug ist, ihn besiegt zu haben, und sie ihn lieber heiratet, als ihn umzubringen.«

Mit der Einschätzung, Letzteres sei die bessere Wendung, war Hagano lachend gegangen und hatte es Ivar überlassen, den drei fragenden Mienen ringsum zu erklären, was genau am Morgen nach dem Tag, an dem im Moor ein Torfschuppen zusammengebrochen war und einen Gefangenen erschlagen, Ivar aber beträchtlich verletzt und den Zeuge des Geschehens gewordenen Hagano starr und stumm gemacht hatte, in einer Zelle unter der Markgrafenburg zwischen ihnen vorgefallen war.

»Bevor ihr mich da herausgeholt habt, habe ich ihm die Geschichte von Herja der Starken erzählt«, hatte er also in die Runde gesagt und an den noch immer eher verunsicherten Blicken erkannt, dass er wohl mehr würde erläutern müssen.

Für das, was er an dem fürchterlichen Morgen, der nach ein paar Stunden für ihn doch noch ein sehr guter geworden war, getan hatte, hatte er vielerlei Gründe gehabt – dass man sich als der Ältere und Erfahrenere immer verpflichtet fühlte, etwas zu unternehmen, wenn ein gut zwanzig Jahre jüngerer Kerl so erkennbar an einem schlimmen Erlebnis zu zerbrechen drohte, dass er selbst Ablenkung gebraucht hatte, um sein Handgelenk etwas weniger zu spüren, weil einem im Kerker des Markgrafen niemand etwas gegen die Schmerzen gab, und dass die Gedanken, denen man unweigerlich nachhing, wenn man keine drei Schritte von einem wie Hagano entfernt an die Wand gekettet saß und bis auf eine verschlossene Tür nicht viel zu betrachten hatte, keine erfreulichen waren, so dass man sie besser durch Reden verscheuchte –, aber das hatte er dem Rest des Hochgerichts nicht auseinandergesetzt.

Lieber hatte er betont, dass es eine verdammt gute Geschichte war, die Gorm und er als Kinder geliebt hatten und die zudem den Vorzug hatte, unbegrenzt erweiterbar zu sein. Denn Herja, die nicht nur den Namen einer Walküre trug, sondern auch mindestens so furchterregend wie eine war, verabredete irgendwann mit Thorgeir, der ihr immer wieder in die Quere kam und ihr nicht nur beim Fischen die besten Lachse, sondern auch auf Raubzügen die lohnendste Beute wegschnappte, sich in einem Jahr mit ihm zum entscheidenden Zweikampf zu treffen, und auch wenn sie diese Frist nur festsetzte, um Zeit zu haben, das mit einem Zauber belegte Schwert ihres toten Großvaters an sich zu bringen, indem sie es aus dessen Grabhügel hoch im Norden stahl, konnte man, bis man sie ans Ziel gelangen ließ, dieses Jahr mit allem füllen, was einem in den Sinn kam, mit Trollrätseln, Geisterbegegnungen, lustigen Gefährten, übelwollenden Feinden und Abenteuern am Wegesrand.

Ivar war heimlich sehr stolz darauf, dass es ihm sogar gelungen war, noch ein Seeungeheuer unterzubringen, das erst überlistet werden musste, aber obwohl er sich solche Mühe gegeben hatte, war es ihm vorgekommen, als hätte er genauso gut der Wand etwas erzählen können, bis dann die Wachen erschienen waren und ihn – »Hoch mit dir, du wirst in der Kanzlei verlangt« – mitgenommen hatten.

Doch wie es schien, war es doch nicht ganz vergebens gewesen, dass er sein Bestes getan hatte, Haganos trübe Gedanken zu verscheuchen, und solch eine Bekanntschaft hielt man besser wach, vor allem, wenn man selbst fremd in der Stadt war und noch kein enges Netz hatte knüpfen können, in dem sich alles Wissenswerte verfing.

Heute allerdings ging Hagano nicht in dem zugigen Winkel dicht beim Eulenloch, wo das Licht am besten war, seiner Lieblingsbeschäftigung nach, aber so, wie der Wind hereinpfiff, wäre das auch ungemütlich gewesen. Stattdessen saß er auf seinem Strohsack unweit der Luke, durch die Ivar auf den Dachboden gestiegen kam, und hatte schon Besuch, der erschrocken verstummte, als Hagano und er unerwartet Gesellschaft bekamen.

Das war verständlich, denn der Gast war Svein, mit dem Hagano sich damals in der Zelle des Hochgerichts angefreundet hatte, und eben, als Ivar still hinzugeschlüpft war, hatte er gerade gesagt, da gäbe es genug zu holen, und sie sollten es zumindest versuchen, da der Monat doch bisher eher mager für sie beide gewesen sei.

Hagano hatte sich wie gewöhnlich besser in der Gewalt als Svein. »Na?«, fragte er nicht unfreundlich und lächelte sogar, aber soweit es sich im Halbdunkel unter dem Reet erahnen ließ, stand auch in seinen Augen ein Hauch von Besorgnis.

Ivar setzte seinerseits sein schönstes Lächeln auf. »Wenn der Oktober bisher nicht allzu freundlich zu euch beiden gewesen ist, trifft es sich gut, dass ich vorbeikomme«, sagte er und ließ zur Anzahlung ein paar Münzen auf das Schaffell tanzen, auf dem Haganos Füße neben dem mit untergeschlagenen Beinen dasitzenden Svein standen. »Zufällig kann ich gerade Leute gebrauchen, die sich auch bei diesem Wetter nicht scheuen, einen Ausflug zum Hafen hinunter zu unternehmen, und ich hätte dich ohnehin gebeten, Svein hinzuzurufen, Hagano; mag sein, dass seine Sprachkenntnisse euch weiterhelfen werden.«

Nun trafen ihn anstelle der argwöhnischen Blicke erwartungsvolle, und es dauerte nicht lange, bis er genug erläutert hatte, um sich sicher sein zu können, dass alles, was über Olaf, Adalwi und vor allem Felix bis zum abendlichen Beginn von Haganos eigentlicher Arbeit noch herauszufinden war, seinen Weg in die Hochgerichtskanzlei finden würde.

Nach den beiden länglichen Glasperlen, die Sveins Messerscheide zierten und bei ihrer letzten Begegnung noch nicht da gewesen waren, fragte Ivar allerdings lieber nicht, bevor er sich auf den Heimweg machte, obwohl sie mit ihrem ungewöhnlich hellen Blau und ihren weißen Verzierungen schöner als fast alle anderen waren, die er in Castra Nova bisher gesehen hatte. Erstens waren sie, wie er Svein kannte, vermutlich nicht gekauft, und zweitens bezweifelte er, dass sie heutzutage noch jemand genau in dieser Art zu fertigen wusste; wenn er hätte raten müssen, hätte er gesagt, dass sie aus einem der zahllosen Hügelgräber in der Gegend stammten.

Ohnehin war Blau ja die falsche Farbe für diesen Monat, so gern er sie auch sonst mochte, und seine Glasperlengedanken gediehen nicht viel weiter, bis er windzerzaust wieder an der

Seitentür des Gerichtsgebäudes eintraf und den Erfolg seines Ausflugs in der Kanzlei verkünden wollte.

Doch Gorm, der mittlerweile, nicht minder vom Sturm durchgeschüttelt als Ivar, die Wache dort abgelöst hatte und, die Rechte um einen Speer geschlossen, den Hof im Blick behielt, ließ ihn nicht durch. Mit der freien Hand bedeutete er seinem Bruder, still zu sein, und fragte dann flüsternd: »Was war das da vorhin mit einem Olaf, der dich vielleicht sprechen will? Ich habe nur halb gehört, was du zu Alfreda gesagt hast, doch du *hast* etwas gesagt.«

»Das war ein Scherz«, sagte Ivar mit gesenkter Stimme, »gut, und auch ein Versuch, sie ein bisschen aus der Fassung zu bringen. Wenn du gelauscht hast, wirst du das Wichtigste von der Geschichte über diesen Felix doch mitbekommen haben. Sie wollte mich etwas zu neugierig darauf machen, also habe ich ihr im Gegenzug etwas zum Grübeln gegeben, das ihr nichts sagen wird.«

»Aber du hast dabei an Ziegen-Olaf gedacht«, stellte Gorm viel zu ernst fest und ließ Ivar immer noch nicht passieren.

Ivar setzte zu einem Schulterzucken an, aber es hatte ja doch keinen Sinn, es zu leugnen, und so nickte er am Ende. »Wie gesagt, es war ein Scherz ... Wahrscheinlich ein sehr dummer.«

»Ein sehr schlauer«, gab Gorm zurück, »denn soweit ich gehört habe, ist da ja nun ein Olaf, der alt genug ist, unser Olaf zu sein, und noch dazu große Angst vor dem Hochgericht zu haben scheint. Wenn er weiß, dass wir hier sind, hat er auch allen Grund dazu.«

Ivar schüttelte lachend den Kopf. »Ja, wir sind hier und heute verdammt furchterregend, und da auf seinem Bauernhof am Rabenwald hat er sagenhafte Reichtümer versteckt, die wir ihm nur abzunehmen brauchen. Du träumst doch, Gorm!«

»Wir hätten es nach allem, was war, auch einmal verdient, Glück zu haben«, beharrte Gorm, als sei das eine vernünftige Erwartung und keine aus wilden Gedankenspielen gespeiste. »In einer guten Geschichte wäre er jedenfalls unser Olaf, und außerdem ... Snotra hat damals gesagt, dass Olaf wahrscheinlich noch da ist und sich irgendwo im Osten ein schönes Leben vom Geld unseres Vaters macht. Was, wenn das bis auf den Ort zutreffend war? Er könnte doch genauso gut hier gelandet sein, und niemand hat etwas davon bemerkt, weil er da eben auf seinem Hof oder im Wald hockt, nur gelegentlich einmal ein paar Baumstämme in die Stadt bringt und sich sonst unauffällig verhält.«

»Snotra wollte uns nur ärgern, das weißt du so gut wie ich«, wandte Ivar ein. »Lässt du mich nun durch, oder muss ich bei diesem Wetter bis zur Vordertür laufen?«

»Das würde dir nicht schaden«, gab Gorm zurück und wich dann doch einen Schritt beiseite. »Und Snotra hätte uns auch anders ärgern können.«

»Davon wusste sie aber, dass es uns treffen würde«, hielt Ivar dagegen und reiste doch halb gegen seinen Willen im Kopf über zwanzig Jahre zurück in eine zugige Scheune, die einer geschlagenen Söldnerschar in einem genauso unerfreulichen Herbst wie diesem eine hochwillkommene, aber unzureichende Zuflucht bot.

Es war ein viel jüngerer Gorm, der ihn aus seinen Erinnerungen kalt ansah, aber auch schon einer in einem blauen Umhang wie heute, was auch kein Wunder war, denn irgendwie endete es bei ihnen beiden allen guten Vorsätzen zum Trotz in den meisten Fällen immer wieder bei dieser einen

Mantelfarbe, so wenig Ähnlichkeiten miteinander sie auch sonst freiwillig eingestehen mochten.

»Pass doch verflucht nochmal auf«, sagte der Gorm von damals, weil Ivar, der ihm eine Schale Tee gebracht hatte, dabei unabsichtlich gegen seinen dick verbundenen rechten Arm gestoßen war. »So ungeschickt kannst auch nur du sein.«

»Deinen nächsten Tee kannst du dir selbst kochen«, gab Ivar genauso ungehalten zurück, denn auch wenn er einmal, viele Jahre älter und vielleicht nicht weiser, aber doch in manchen Dingen duldsamer geworden, begreifen würde, dass Angst und Schmerzen Gorm an dem Tag so ungenießbar gemacht hatten, fehlte ihm die Einsicht zu dem Zeitpunkt noch.

»Dann wird er auch besser«, ließ Gorm ihn wissen und hielt die Schale dennoch schnell mit der Linken fest, bevor Ivar sie ihm wieder wegnehmen konnte.

In diesen Austausch brüderlicher Zuneigungsbekundungen herein kam vom offenen Scheunentor her auf einmal ihr Freund Styrkar gehastet und verkündete ihnen so aufgeregt, dass er stotternd über seine eigenen Worte stolperte, das müssten sie sich ansehen, da draußen sei auf einmal Snotra aus Heiðabýr mit ein paar Leuten aufgetaucht, und wenn er sich nicht sehr täusche, würde sie Svipdag wohl einfach mitnehmen.

»Das soll sie nicht wagen«, sagte Gorm und kämpfte sich mit zusammengebissenen Zähnen auf die Beine, weil ihm infolge der verlorenen Fehde, die sie hier hatte stranden lassen, nicht nur der Arm, sondern schier alles wehtat.

»Der *will* mit, denke ich«, bemerkte Styrkar noch, aber da waren sie schon alle auf dem Weg ins Herbstgrau hinaus, und das Unheil nahm seinen Lauf.

Snotra stand – Marderpelz an Mantelsaum und Mütze, ein Langschwert am Gürtel und mehr Gold an Hals und Handgelenken, als ein schlechter bewaffneter Mensch hier offen hätte sehen lassen – so selbstgefällig vor der Scheune, als gehörte ihr der Hof, wenn nicht gar noch die angrenzende Landstraße ins nahe Masolacum.

Das war nicht der Fall, denn im Grunde war die Frau aus Heiðabýr nichts Besseres als die, denen sie nun hochmütig entgegenlächelte. Doch sie und die kleine Söldnerschar, über die sie den Befehl führte, waren in diesem Sommer offensichtlich weitaus erfolgreicher gewesen als Oddleifs wilder Haufen, der hier unwürdig hatte unterkriechen müssen.

In Snotras schwarzem Haar glänzten helle Bernsteinperlen, und Knut, ihr Bruder und ihre rechte Hand, trug die größte Silberfibel am Mantel, die Ivar je gesehen hatte. Die vier anderen, die sie mitgebracht hatte, waren schwerbewaffnet und sahen alle nicht so aus, dass Ivar sich gern mit ihnen anlegen wollte, während ein gesunder Gorm die Herausforderung wohl dankbar angenommen hätte.

So angeschlagen, wie er war, beschränkte er sich darauf, finster dreinzusehen, und sagte erst einmal nichts.

»Ach, du lebst auch noch?«, fragte Snotra anstelle einer Begrüßung belustigt.

Gorm sah wohl keinen Anlass, ihr das in aller Form zu bestätigen, sondern tat, als hätte er sie nicht gehört. »Was wird das, Svipdag?«, fragte er stattdessen den jungen Mann, der in viel zu vertrautem Gespräch mit den Besuchern dagestanden hatte, bis die, die doch eigentlich seine Freunde waren, hinzugekommen waren. Nun sah er schuldbewusst drein und brachte kein Wort hervor.

Aus der Tür des Wohnhauses, das im rechten Winkel zur Scheune stand, spähte neugierig der Bauer, bei dem Oddleif noch genug gutgehabt hatte, um nach seinem Pech mit seinen

Leuten hier Zuflucht für den nahenden Winter zu finden, wagte sich aber nicht heran.

»Svipdag reitet jetzt mit uns, nicht wahr, Svipdag?«, erwiderte Snotra munter, und jetzt endlich wagte Svipdag so etwas wie ein angedeutetes Nicken. »Wenn ihr schon gerade hier seid, könnt ihr ja helfen, seine Sachen herauszubringen.«

Einen anderen hatte sie bereits erfolgreich für ihre Pläne eingespannt, denn genau in diesem Augenblick führte der Knecht des Bauern Svipdags Pferd, das doch bei den anderen auf der Weide hinter dem Haus hätte stehen sollen, auf den Hof, als sei schon alles entschieden.

»Wir sind weder deine noch seine Diener«, sagte Gorm empört und sah wieder Svipdag an. »Und dass du dich einfach davonstiehlst, wenn Oddleif nicht da ist, hätte ich nicht von dir gedacht, Svipdag!«

Nun endlich kam etwas Leben in den jungen Mann, und er verbarg seine Verlegenheit unter Ärger. »Mit Oddleif will ich nichts mehr zu schaffen haben! Sieh dir doch an, wohin er uns gebracht hat – und was er jetzt auszuhandeln versucht, wird sicher auch nicht besser, auf mein Wort!«

»Das kannst du gar nicht wissen, wenn du es nicht abwartest«, hielt Gorm dagegen, obwohl ihnen allen nur zu gut bewusst war, dass sich aus dem Gespräch, zu dem Oddleif heute Morgen mit den zwei vorzeigbarsten Gesunden aus ihren Reihen aufgebrochen war, nichts Ruhmreiches ergeben würde. Sein Freund, der Bauer, kannte schlicht jemanden, der wiederum eine Frau kannte, die eine Hochzeit ausrichtete, zu der zwei verfeindete Familienzweige erwartet wurden, und darum ein paar zupackende Krieger brauchte, die schützend oder schlichtend eingreifen konnten, wenn alte Zwistigkeiten ausarteten, statt endlich beigelegt zu werden.

Aber das war eine Aufgabe für höchstens vier oder fünf Leute und würde wenig einbringen, nicht genug, um sie alle über den Winter zu retten, ganz zu schweigen davon, dass man sich mit solchem Kleinkram vor niemandem brüsten konnte.

»Svipdag weiß schon, warum er lieber mit uns kommt«, verkündete Snotra, legte den Arm besitzergreifend um ihren Neuzugang und ließ ihre Hand dabei auf seinem Rücken ein gutes Stück tiefer rutschen, als es sich schickte.

Das entlockte Svipdag ein so törichtes Lächeln, dass wohl als geklärt gelten konnte, was ihn abseits aller Nützlichkeitserwägungen in Snotras Nähe gelockt hatte.

Styrkar schüttelte nur den Kopf darüber, sagte aber nichts, und das war auch besser so, denn wenn er, aufgeregt, wie sie alle waren, gestottert hätte, hätten Snotra und ihre feixenden Söldner doch nur darüber gespottet. Spätestens dann wären Fäuste, wenn nicht gar Waffen zum Einsatz gebracht worden.

»Kommt doch auch mit«, sagte da auf einmal Knut, der spüren mochte, dass seine Schwester hier in ihrem Übermut ein sehr gefährliches Spiel spielte. »Oddleif hat euch nicht mehr viel zu bieten, da hat Svipdag Recht.«

»Wenn der da sich denn auf einem Pferd halten kann«, schob Snotra mit verächtlichem Blick auf Gorm dem Versuch ihres Bruders, Frieden zu stiften oder gar zusätzliche Leute für sie anzuwerben, einen Riegel vor.

Nun vollends verärgert teilte Gorm den beiden mit, anders als ein gewisser Kerl hier sei er keiner, der seine Kampfgefährten so einfach im Stich lasse, und das war nur die Wahrheit, mochte er einem sonst auch manchmal Anlass geben, wenig von ihm zu halten.

Snotra warf den Kopf in den Nacken und lachte aus vollem Hals. Dann sagte sie Svipdag, er solle seine Sachen holen, und er ging begleitet von Knut in die Scheune, was wiederum Styrkar dazu brachte, den beiden nachzueilen, weil die schwerer Verwundeten drinnen die beiden wohl kaum würden aufhalten können, wenn sie mehr mitnahmen, als Svipdag wirklich gehörte.

Ivar dagegen blieb lieber, wo er war, weil Gorm immer noch hasserfüllt Snotra musterte und keine Anstalten machte, den Rückzug anzutreten.

»Euch beide würde ich ohnehin nicht mitnehmen, und wenn ihr mich anflehen würdet«, ließ die Söldnerführerin sie wissen. »Dass ihr nichts taugt, weiß man doch. Wenn ihr die Dinge in die Hand zu nehmen verstündet, hättet ihr euch längst an Ziegen-Olaf gerächt und euch das Geld zurückgeholt, um das er euren Vater betrogen hat, doch wie man hört, kann der es sich noch immer draußen im Osten gutgehen lassen, während ihr euch hier in einer Scheune verkriecht. Aber euer Vater hat sich ja auch lieber totgesoffen, statt etwas zu unternehmen, nachdem sein eigener Bruder ihn vom Hof geworfen hatte, das hat man sich die ganze Küste herunter erzählt.«

Das war zu viel; Gorm holte mit dem heileren Arm aus und hätte wohl zugeschlagen, wenn Ivar sich nicht mit seinem ganzen Gewicht gegen ihn gestemmt hätte, um das Schlimmste zu verhindern. Er brachte sie beide ins Stolpern und Snotra abermals zum Lachen, aber das sollte ihm recht sein.

»Wenn du einen Kampf willst, Snotra, musst du dich schon mehr anstrengen«, sagte er, stand Gorm immer noch so gut wie möglich im Weg und hoffte, ganz ruhig zu klingen. »Überdies würde er sich für dich nicht sehr lohnen; bei uns ist derzeit kaum etwas zu holen, noch nicht einmal Ruhm, da so wenige von uns auf den Beinen sind.«

Gorm holte tief Luft, aber das war glücklicherweise der Augenblick, in dem Knut und Svipdag, gefolgt von einem immer noch finster schweigenden Styrkar, zurückkehrten, weil bis auf Sattelzeug und zwei alte Wolldecken nicht viel an Habseligkeiten einzusammeln gewesen war, denn Svipdags bunt bemalter Schild war im letzten Kampf der unseligen Fehde, die sie alle so viel gekostet hatte, zerhauen worden, seine beiden Speere ebenso. Ein sehr eindrucksvolles Bild gab er inmitten von Snotras besser ausgestatteter Schar also nicht ab, als sie alle davonritten, aber immerhin zogen sie ab, statt die Auseinandersetzung auf die Spitze zu treiben, und Ivar war dankbar dafür.

Das konnte man von Gorm nicht behaupten. Kaum dass Snotra und die Ihren verschwunden waren, stieß er Ivar rüde von sich, ohne sich darum zu scheren, dass der Bauer und sein Knecht immer noch zusahen.

»Dieses eine Mal braucht man dich, um die Familienehre zu retten, und du, was sagst du? ›Wenn du einen Kampf willst, musst du dich schon mehr anstrengen.‹«

»Das hat doch gewirkt«, gab Ivar zurück. »Wenn ich stattdessen mein Schwert gezogen hätte, hättest du jetzt keinen Bruder mehr.«

In Gorms Blick lag schiere Verachtung. »Das wäre wohl auch besser, so, wie ich mich immer für dich schämen muss.«

Damit wandte er sich ab und stapfte schweren Schritts wieder in die Scheune.

Ivar rief ihm einen Kraftausdruck nach, den man wohl selbst dann, wenn man sehr zornig auf ihn war, nicht auf seinen großen Bruder hätte anwenden sollen, und dass Gorm nur ausspuckte, statt ihm wenigstens die Nase blutig zu hauen, verriet, dass er ernsthaft gekränkt war.

Den Abend über redeten sie kein Wort miteinander, am folgenden Morgen auch nicht, und es war sehr gut, dass Ivar, als er am späten Vormittag gemeinsam mit Styrkar auf der Suche nach Arbeit durch Masolacum streifte, weil Oddleif und die anderen gestern ohne Auftrag und darum in umso üblerer Laune zurückgekehrt waren, auf einen Mann stieß, der zwei Leibwächter für eine Reise nach Neustrien hinüber benötigte.

Seine Wut auf Gorm nahm Ivar allerdings auf den Ritt nach Silva Frigida mit, und er dachte unterwegs viele finstere Dinge, wie etwa, dass er nie herausgefunden hatte, ob Gorm nicht doch am Verschwinden seiner Katze vor einigen Jahren schuld gewesen war, und dass sein Bruder ihn ohnehin zu oft geärgert hatte, als sie noch klein gewesen waren. All der alte und neue Groll machte ihm die Entscheidung leicht, als ihm in Neustrien nach einigem Auf und Ab angeboten wurde, künftig für Placidia Justa zu arbeiten, die damals einen nicht unbedeutenden Posten in der königlichen Kanzlei innehatte. Wahrscheinlich hätte er sich dazu auch bereiterklärt, wenn er sich gerade besser mit Gorm verstanden hätte, denn Mathilde, die schon zu Justas Gefolge gehörte, war ein nicht leicht zu widerlegendes Argument dafür, unter allen Umständen zu bleiben. Er war schon am ersten Abend so angetan von ihr wie nie von einem anderen Menschen vorher oder nachher, und so bat er Styrkar beim Abschied, Gorm auszurichten, wenn er glaube, ohne Bruder besser dran zu sein, dann befreie Ivar ihn hiermit gern von seiner lästigen Gegenwart.

Allzu sehr vermisste er Gorm seinerseits zunächst nicht, erst, weil er sich noch genug über ihn ärgerte, später dann, weil er monatelang mit Spitzeldiensten und Botenritten zu beschäftigt war, um viel an seinen Bruder zu denken, der mit dem beginnenden Frühjahr sicher wieder irgendwo in den Kampf gezogen war und sich vermutlich auch ohne Ivar ganz gut unterhielt.

Als Gorm ihn dann in Padiacum in der Schenke »Zum Esel« aufstöberte, war schon wieder Herbst. Dennoch sagte er, als wären höchstens drei Tage seit ihrer letzten Begegnung vergangen: »Bist du wahnsinnig, einfach so zu verschwinden? Du bist ja noch schlimmer als Svipdag!«

»Hat Styrkar dir meine Nachricht nicht überbracht?«, fragte Ivar und streckte nicht schnell genug die Hand aus, um Gorm daran zu hindern, ihm sein Bier wegzunehmen und es in einem Zug auszutrinken, obwohl er sich gewiss ein eigenes hätte leisten können.

Dieser Sommer musste ihm mehr Glück gebracht haben als der letzte, denn er hatte einen neuen Mantel mit breiter Borte in einem auffälligen Rautenmuster in Blau und Grün und schöne Stiefel, die Ivar ebenfalls noch nicht an ihm gesehen hatte.

»Doch«, sagte Gorm nun, »und ich hätte ihn fast umgebracht dafür, dass er es gewagt hat, ohne dich wiederzukommen. Und wenn er dich quer übers Pferd hätte legen müssen, um dich mitzunehmen, er hätte dich nicht einfach dalassen dürfen!«

»Das hatte er nicht zu entscheiden«, wandte Ivar ein und schämte sich, dass allmählich die anderen Gäste auf ihr Gespräch aufmerksam wurden.

»Aber du allein ohne uns alle, wie?«, gab Gorm zurück, ließ sich neben ihn auf die Bank fallen und erzählte, dass Oddleif tot sei, weil er sich Ende des Winters eine üble Grippe eingefangen habe und ihr so schnell erlegen sei, dass manche gemunkelt hätten, es müsse darüber hinaus noch Gift zum Einsatz gekommen sein.

Gorm glaubte das nicht, und ganz gleich, wie es nun gewesen war, den Befehl über die Söldner hatte er sich gesichert und sie nach eigenem Bekunden bisher erfolgreicher geführt als sein Vorgänger.

»Wir gehen dieses Jahr wieder nicht über den Winter nach Hause, weil ich uns sogar noch für die nächsten paar Monate etwas zu tun gefunden habe«, berichtete er mit sichtlichem Stolz. »Zwei Tagesreisen östlich von hier ist eine Burg, deren Herr glaubt, dass seine Nachbarin dieses Jahr Übles versuchen könnte, sobald der Graben zugefroren ist, also braucht er Verstärkung für seine eigenen Krieger, und wir kommen ihm da gerade recht. Einen weiteren bezahlt er sicher auch noch, ohne lange Fragen zu stellen.«

»Dann viel Erfolg dabei, noch einen zu finden«, sagte Ivar, die Arme so fest verschränkt, dass er nachher vielleicht Mühe haben würde, den Knoten wieder zu lösen.

Gorms zufriedenes Lächeln verflog. »Heißt das etwa, du bleibst hier?«

»Ja«, beschied ihn Ivar. »Ich habe einen sehr guten Dienst gefunden. So etwas gibt man nicht leichtfertig auf.«

Dabei hatte Gorm unwissentlich den denkbar günstigsten Zeitpunkt gewählt, um Ivar wieder abzuwerben, da dessen Verhältnis zu Mathilde damals gerade die einzigen schwierigen Monate durchmachte, die es je erleben sollte, was viel mit einer Überfülle von Heidelbeeren und mehr noch damit, dass er eben war, wie er war, zu tun hatte.

Das allerdings ging Gorm nicht das Geringste an, und so konnte der nicht wissen, dass er nur ein wenig freundlicher hätte sein müssen, um zu erreichen, was er wollte. Aber da eben auch er war, wie er war, musterte er Ivar nur düster und fragte: »Findest du nicht, dass du lange genug den Beleidigten gespielt hast?«

»Bei allem, was du letztes Jahr gesagt hast, muss ich den nicht spielen«, erwiderte Ivar und fand sich im nächsten Augenblick beim Kragen gepackt und auf die Füße gezerrt. Dass es daraufhin zu ausgedehnteren Handgreiflichkeiten kam, sorgte dafür, dass der Wirt sie beide vor die Tür setzte und dass Ivar sich für seine restlichen Jahre in Padiacum eine neue Lieblingsschenke suchen musste.

Sein Abschied von Gorm war auf beiden Seiten lautstark und wutentbrannt, und ihre nächste Begegnung im Folgejahr verlief um einiges schlimmer, weil sein Bruder da erfuhr, dass Ivar sich hatte taufen lassen, was ihm offenbar noch viel weniger zustand, als lange gekränkt zu sein.

Besser wurde es nicht mehr, bis Justa dann schon Vögtin von Aquae Calicis war und Gorm sich unter der Anklage, ihren Steuereintreiber ermordet zu haben, im Kerker unter der Burg wiederfand.

Dieses eine Mal war er zwar unschuldig gewesen, aber das hatte zu dem Zeitpunkt nicht einmal Ivar geahnt, und dass er dennoch beschlossen hatte, nicht zuzulassen, dass man seinen Bruder, egal, wie anstrengend er sein mochte, in die Steinbrüche von Mons Arbuini schickte, hatte ihr Verhältnis mit einem Schlag sehr verbessert. Durch glückliche Umstände von den Vorwürfen entlastet, war Gorm in Aquae geblieben und erst wieder gegangen, als Justa nach dem Verlust ihres Amts mit Mathilde gebrochen hatte, und wenn Ivar ehrlich war, freute er sich heute, ihn wiederzuhaben.

Die Auseinandersetzung mit Snotra war ihm folglich vor allem als Auslöser dieser vielleicht vermeidbaren Trennung auf Jahre hinaus in Erinnerung geblieben, während er auf das, was sie über Olaf gesagt hatte, wenig gegeben hatte.

Denn Ziegen-Olaf war tot, untergegangen mit seinem Schiff, in das Gorms und Ivars Vater nur deshalb so viel Geld hatte stecken können, weil er sich sein Erbe vorzeitig hatte auszahlen lassen, was sich als böser Fehler erwiesen hatte.

Im Grunde war Ivar auch weiterhin davon überzeugt, dass Ziegen-Olaf allenfalls noch als Geist aus dem Meer zurückkehren würde, und wenn Gorm nun behauptete, es könne anders sein, nur weil ein alter Mann namens Olaf das Hochgericht fürchtete, war das nicht mehr als eine kühne Vermutung.

So klein und beschaulich Castra Nova im Vergleich zu Aquae Calicis oder gar Padiacum auch sein mochte, es wäre vermutlich nicht weiter schwer gewesen, hier binnen weniger Stunden ein Dutzend Olafs aufzutreiben, und mindestens die Hälfte dieser Kerle hätte nichts mit einer Richterin und ihren Leuten zu tun haben wollen.

Nicht nur deshalb sah Ivar keinen Grund, Gorms Verdacht zu erwähnen, als er endlich zurück in der behaglichen und sicheren Kanzlei war und sich die Hände an einer Schale Tee wärmen konnte, während er berichtete, was er in die Wege geleitet hatte.

»Ratte ist mir nicht begegnet«, setzte er abschließend hinzu. »Wenn sie mich also unbedingt allein sprechen wollte, hat sie die Gelegenheit verstreichen lassen.«

»Und wenn sie nur an der falschen Stelle gelauert hat oder noch lauert?«, fragte Stig.

»Dann ist sie immerhin besser dran, als wenn sie wirklich den Weg um die Bucht herum genommen hat«, sagte Ivar. »Denn wenn es so weitergeht wie bisher, dann bekommt man dort spätestens gegen Abend nasse Füße.«

»Nicht so laut, sonst beschuldigt man uns morgen früh noch, eine Sturmflut herbeigeredet zu haben.« Die Richterin lächelte zwar, aber vermutlich war es nur ein halber Scherz; unter den Kriegern draußen im Gerichtssaal waren ein paar abergläubische Leute, und in der Stadt und auf der Burg war das Hochgericht ohnehin dafür bekannt, dass es dort zu viele

Geisterseher und andere verdächtige Gestalten gab. Wenn eine unbedachte Äußerung sich herumsprach, konnte das böse Folgen haben, und seitdem ihnen im Vormonat ein Nachbar vorgeworfen hatte, ihre Anwesenheit in der Stadt habe wohl das Gespenst angelockt, das seit dem Sommer regelmäßig in seinem Keller spuke, konnten sie nicht vorsichtig genug sein.

»Die kommt so oder so«, entgegnete Wulfila und führte dann aus, die Papierhändlerin, die ihm am Morgen die Lieferung für den kommenden Monat übergeben habe, sei überzeugt gewesen, dass der Wind genau richtig stehe, um das Wasser in die Bucht und in die Flussmündung zu drücken. »Wenn ein Sturm daraus wird, kann es unersprießlich werden, hat sie gesagt – wenn auch nicht unbedingt für uns hier oben.«

Um das Hochgericht und die übrigen Gebäude auf der Geest stand es diesbezüglich tatsächlich weitaus besser als um die Hafengegend oder manche windschiefe Hütte zu nahe am Fluss, ganz zu schweigen von den Marschwiesen unweit der Stadt.

»Wollen wir hoffen, dass es nicht ganz so wild wird«, sagte Stig, doch so, wie der Sturm immer noch ums Haus tobte, war das wohl ein frommer Wunsch.

Svein jedenfalls schien mit einer schlimmen Nacht zu rechnen, als er so spät, dass Hagano schon bei der Arbeit im Gasthaus sein musste, mit Neuigkeiten erschien und Ivar bedeutete, ihn erst einmal allein sprechen zu wollen.

In der Enge der Kanzlei wäre es eigentlich nur schwer möglich gewesen, sich ungestört unter vier Augen zu unterhalten, aber wenn man eine Muttersprache miteinander teilte, die keiner sonst im Raum beherrschte, konnte man in dem Winkel neben der Tür beieinanderstehen und sich eine gewisse Heimlichkeit zumindest einreden.

»Es tut mir leid, dass ich erst so spät komme«, sagte Svein
einleitend und strich sich eine nasse Haarsträhne aus der Stirn,
»aber wir mussten ja nebenbei noch sehen, dass wir die Ziege
in Sicherheit bringen, die Kleidertruhe und das Bettzeug auch,
falls es heute Nacht schlimm mit dem Wasser wird … Und den
guten Kochtopf, sicher ist sicher, falls welche plündern kommen. Ingeltrud kann aber nicht so schwer tragen, jetzt, wo
das Kind unterwegs ist, also habe ich Hagano gebraucht, um
alles zu ihm zu schaffen … Denn wir dürfen bei ihm schlafen
und die Ziege im Stall der Wirtin unterstellen, das hat er mit
ihr ausgehandelt.«

»Deine Frau erwartet ein Kind? Dann herzlichen Glück-
wunsch«, erwiderte Ivar und bekam ein schier seliges Lächeln
zur Antwort, bevor Svein auf das zu sprechen kam, was ihn
eigentlich herführte.

»Das ist auch schon fast das, worum es geht … Ein Kind jedenfalls«, erklärte er. »Ich denke, etwas Böses wollen die euch
eigentlich nicht, aber wir haben gehört, wie dieser Felix weiter
mit seiner Frau gesprochen hat. Die waren noch unten im ›Wilden Wasserweib‹, als wir hingekommen sind, während der Alte
schon fort war, irgendeine Frau fragen, ob er die Ochsen bei
ihr unterstellen kann, wenn ich das richtig verstanden habe …
Denn die wollen bei dem Wetter heute nicht mehr zurück bis
auf ihren Hof, wenn du also mit ihnen reden willst, bekommst
du sie noch zu fassen. Jedenfalls, was sie gesagt haben … ›Und
ich gehe hin! Er wird sich doch zumindest freuen, dass der
Kleine nach ihm benannt ist‹, sagt Felix, und seine Frau darauf:
›Der Kleine ist auch bald elf Jahre alt, und nicht jeder freut sich
über so etwas.‹« Er sah Ivar halb verschwörerisch, halb neugierig an. »Das heißt doch wohl, dass einer von euch ein Kind
hat, das dieser Felix aufzieht … Ist es deines?«

»Nein«, sagte Ivar und klang wohl entschieden genug, um Svein seine Antwort ohne weitere Nachfragen hinnehmen zu lassen. Das war gut, denn er hätte ihm nicht gern erläutert, dass er überzeugt war, dass er wohl etwas davon gemerkt hätte, wenn Mathilde, bevor sie Sigrid bekommen hatten, schon einmal schwanger gewesen wäre, und dass es außer ihr schlicht keinen Menschen auf der Welt gab, der ein Kind von Ivar haben konnte.

»Dann können die da es ja auch hören, nicht wahr?«, fragte Svein, und Ivar verzichtete großmütig darauf, ihm zu sagen, dass er es nicht sehr klug angestellt hatte, wenn er kein Aufsehen in der Kanzlei hatte erregen wollen.

Wahrscheinlich waren die Erklärungen, die alle anderen sich für die Heimlichkeit ausgemalt hatten, weitaus aufregender als die, die Svein ihnen freundlicherweise gleich lieferte, nachdem er noch einmal Bericht erstattet hatte. »Ich dachte, wenn es Ivars Kind ist, sage ich ihm das lieber erst im Geheimen, sonst bekommen Hagano und ich nie wieder einen Auftrag von ihm. Aber wenn er nun sagt, dass es nicht von ihm ist ...«

»Es würde mich sehr wundern, wenn es anders wäre.« Herrads Tonfall war nüchtern, und man musste sie wohl halbwegs kennen, um ihren Augen anzusehen, dass sie die ganze Angelegenheit sehr erheiternd fand. Dass sie Ivar ein uneheliches Kind nicht zutraute, war jedoch ihr voller Ernst, auch das war ihr anzumerken.

So gut, wie sie inzwischen mit Mathilde befreundet war, hätte es ihn allerdings auch erstaunt, wenn sie die Geschichte mit den Heidelbeeren nicht gekannt und ihre Schlüsse daraus gezogen hätte, doch da sie, anders als Svein, niemand war, der darüber gelacht hätte, störte das Ivar nicht weiter.

Daher konnte er seinerseits leicht belustigt zusehen, wie Wulfila, als er überzeugt sein konnte, dass das Wichtigste gesagt war, aus der Kanzlei schlüpfte und sich gewiss auf den Weg zu Ardeija machte, während Herrad sich nach der zu befürchtenden Sturmflut und den möglichen Folgen für Svein erkundigte und Stig schon begann, den vereinbarten Lohn abzuzählen.

»Wie sieht es mit euren Vorräten aus?«, fragte die Richterin eben, als Wulfila, gefolgt von einem merklich blassen Ardeija, leise wieder hereinkam.

Svein zuckte die Schultern. »Den Mehlsack und die Rüben habe ich mitgenommen, und ansonsten ... Bis zum Dachboden steigt das Wasser ja hoffentlich nicht. Ich habe meinem Bruder gesagt, dass es nett von ihm wäre, dort oben zu spuken, falls irgendwer kommt und sich bedienen will, doch ob er auf mich hört, weiß ich nicht.«

Das war in der Tat nicht einzuschätzen, denn besagter Bruder, ein gewisser Bolli, war im Leben ein unangenehmer Kerl und einer von Ivars Mitgefangenen gewesen. Den Aufenthalt im Kerker des Markgrafen und die harte Arbeit draußen im Moor hatte Bolli durchaus verdient gehabt, war er doch dafür verurteilt worden, dass er einen Richter erschlagen hatte, nur um dann seinerseits noch während seiner Haftzeit ermordet zu werden.

Die Buße dafür, die Svein als einzigem lebenden Verwandten zugefallen war, hatte ausgereicht, ihn seine eigene Strafe für einen Diebstahl bezahlen und eben Hagano freikaufen zu lassen, aber da der sich in seinem früheren Leben als Wegelagerer betätigt hatte und dementsprechend teuer gewesen war, konnte danach nicht mehr viel von der ursprünglich stattlichen Summe übriggeblieben sein.

Verlorene Wintervorräte zu ergänzen oder zu ersetzen, würde Svein folglich nicht leichtfallen, doch noch schien er nicht allzu besorgt zu sein, denn er fuhr vertrauensvoll fort: »Aber Ihr lasst uns ja im Zweifelsfall nicht verhungern, nicht wahr?«

»Bisher ist das nicht meine Absicht«, entgegnete Herrad leichthin, obwohl es durchaus eine ernste Sache war, dass sich in Castra Nova ein neues Geflecht aus Verantwortung und Abhängigkeiten um sie zu bilden begann, nachdem das alte, das sie in Aquae Calicis so lange getragen hatte, im Frühjahr so ruckartig zerrissen war.

Svein lachte und steckte die Münzen ein, die Stig ihm mit der Mahnung, Hagano auch ja seinen Anteil zukommen zu lassen, hinschob. »Ach ja, eines noch«, sagte er dann, als er schon Anstalten machte, sich zum Gehen zu wenden. »Ob es von Bedeutung ist, weiß ich nicht, aber da war ein Geist bei ihnen.«

Ivar nickte leicht, denn diese Einzelheit bestätigte ihn einmal mehr in der Einschätzung, dass es äußerst nützlich war, Hagano und Svein als Ohren und Augen in die Stadt zu schicken. Die beiden waren Geisterseher, was dazu beigetragen haben mochte, dass sie sich damals in der Hochgerichtszelle so schnell angefreundet hatten. Vor allem aber konnten sie dadurch Dinge bemerken, die Ratte ohne eigene Schuld entgangen waren und die auch Ivar verborgen geblieben wären, wenn er den Ausflug ins »Wilde Wasserweib« selbst unternommen hätte.

»Ein Geist ist immer von Bedeutung«, erwiderte Herrad und beugte sich ein wenig vor. »Was für einer war es?«

Svein zuckte die Schultern. »Allzu genau konnte ich ihn nicht erkennen, er war ein ganz Scheuer, der größtenteils in der Wand geblieben ist, und ich musste ja auch noch lauschen, was genau da besprochen wurde … Aber er hatte einen Raubvogelschnabel, so viel weiß ich sicher. Hagano meint, es muss ein Falke gewesen sein, aber ob es nicht doch ein Habicht war, würde ich nicht beschwören, nur, dass er sich ganz nahe bei diesen Leuten aufgehalten hat, wie ein Freund und Beschützer.«

»Wussten sie denn, dass er da war?«, erkundigte sich die Richterin.

Darüber dachte Svein eine Weile nach, bevor er den Kopf schüttelte. »Entweder sehen die beiden keine Geister oder sie wissen sich gut zu beherrschen. Wie es mit dem Alten ist, der gerade nicht da war, kann ich natürlich nicht sagen … Aber im ›Wilden Wasserweib‹ spukt doch der wüste Steuermann, der damals mit der *Alba* untergegangen ist. Den lässt man nicht unbeachtet, wenn man Geister sehen kann, allein schon, weil er es unweigerlich bemerkt und einen fragt, ob man ihm etwas vom Bier abgibt. Durch den haben sie alle beide hindurchgeschaut, als wäre er nicht da.«

Wulfila stieß Ardeija an und bemerkte halblaut, das allein sei schon ein Grund, bei besserem Wetter der fraglichen Schenke doch einmal einen Besuch abzustatten, und bekam nur einen so finsteren Blick zur Antwort, als wäre es unverzeihlich, dass er in solch einer ernsten Lage zu scherzen wagte.

Die Nachricht, dass ein fremdes Kind den Namen eines Menschen aus Herrads Gefolge trug, hatte den Hauptmann offensichtlich tief genug erschüttert, um ihm jedes Lachen, und sei es über einen trinkfreudigen Steuermannsgeist, vollkommen unmöglich zu machen.

Selbst dass Gjuki, der auf seiner Schulter saß, sanft die Schnauze an seiner Wange rieb, schien Ardeija nicht aufzumuntern.

Herrad ließ sich von den Sorgen des Befehlshabers ihrer Wachen nicht weiter aus der Ruhe bringen. »Noch eines, bevor du gehst, Svein! Hast du gehört, bei wem genau Olaf seine Ochsen unterbringen wollte?«

Svein zuckte die Schultern. »Bei einer ›Tante Herja‹, wenn ich die Frau richtig verstanden habe ... Aber wer das ist, weiß ich nicht, nur, dass man offenbar erst vorfühlen muss, ob man ihr unangekündigt die Ochsen zumuten kann. Also ... Eine Frau, die ein Haus mit ausreichend großem Stall hat, denke ich, und eher oben in der Stadt als unten am Wasser, aber das sagt ja noch nicht viel.«

Unter allgemeinen freundlichen Wünschen für seine sturmflutgefährdete Bleibe und einen sicheren Heimweg zu Hagano brach er gleich darauf auf, aber Ivar hätte im Nachhinein nicht mehr zu sagen vermocht, ob er mehr als ein rasches »Alles Gute« dazu beisteuerte, denn seine Gedanken waren weit fort, weil der Name ihm ein wenig zu bekannt war, und das nicht etwa aus der Geschichte von Herja der Starken. Eine Herja, die einen Olaf zum Bruder hatte, kannte er oder hatte vielmehr in einem anderen Leben gewusst, wer sie war.

Ardeija hinderte ihn allerdings daran, aus seinen Schlussfolgerungen einen Plan zu entwickeln, denn kaum dass die Tür zugefallen war, murmelte er einen üblen Fluch.

»Ihr lasst mir aber die Zeit, mit Richenza zu reden, bevor ihr es den anderen erzählt, ja?«, fragte er dann in die Runde. »Denn bei meinem Glück weiß ich schon, wie das alles ausgeht, und wenn ich dann nicht vorher mit ihr gesprochen habe, übersteht meine Ehe das nicht ... Vielleicht auch so nicht.«

»Ich halte es für äußerst unwahrscheinlich, dass es *dein* Kind ist, Ardeija«, erwiderte Herrad ruhig und bekam ein ungläubiges Auflachen zur Antwort.

»Gut«, räumte Ardeija dann ein, »ganz so wild wie noch früher war ich vor zwölf Jahren vielleicht nicht mehr ... Aber sein kann es, und wenn ich Richenza das sage, geht sie am Ende noch zurück nach Aquae. Sie leidet schon genug darunter, dass sie jetzt Türen anstreichen muss; da kann ich ihr nicht auch noch ein Kind, von dem bisher keiner etwas wusste, bieten, auch wenn es dazu gekommen ist, bevor wir uns wiedergefunden haben.«

Die Behauptung, Richenza müsse »Türen anstreichen«, war übertrieben, aber sie bemalte in der Tat gerade eine mit Ornamenten, Ranken und allerlei Figuren, so viel traf zu. Für eine einst in und um Aquae weithin geachtete Malerin mochte das ein Abstieg sein, aber die Anzahl von Kirchen, Klöstern und reichen Haushalten, in denen Wandmalereien verlangt wurden, war in Castra Nova naturgemäß geringer als weiter im Süden, und dass ein wohlhabender Kaufmann nun immerhin die Tür seines Schlafzimmers von ihr verzieren ließ und auch schon ein paar Truhen schön bunt zu schmücken gewesen waren, war doch immerhin besser als nichts.

Aber wie Mathilde hatte Ardeijas Frau viel aufgegeben, um herzukommen, und das Wissen darum belastete den Hauptmann sichtlich, vielleicht auch, weil er es in einer Hinsicht schwerer als Ivar hatte. Denn während Mathilde das, was sie getan hatte, entweder für selbstverständlich hielt, obwohl es alles andere als das war, oder jegliche Zweifel an der Richtigkeit ihrer Entscheidung tief in ihrem Herzen verschloss, war Richenza anzumerken, dass sie sehr gut wusste, dass sie ihrem Mann einen großen Gefallen getan hatte. Die Lage zwischen den beiden war derzeit angespannter, als sie zwischen Eheleuten hätte sein sollen, das stand auch jetzt in Ardeijas Blick, und Gjukis Trost half noch immer nicht.

Herrad schüttelte aber nur den Kopf. »Wenn du genug gejammert hast, denkst du jetzt einmal nach oder hörst mir wenigstens zu. Vor zwölf Jahren hast du bereits in meinen Diensten gestanden, es kann also keinen wundern, dass du mittlerweile dem Gefolge einer Richterin angehörst.«

Ardeija sah sie groß an, als habe er so weit noch nicht überlegt, und stimmte ihr dann vorsichtig zu, das sei wahr.

»Es ist noch etwas Weiteres wahr«, fuhr Herrad ruhig fort, »nämlich, dass die meisten von euch allen hier in den letzten zwölf Jahren nicht unbedingt schwer zu finden waren. Wenn da tatsächlich eine Frau ist, die ein Kind von einem von euch bekommen hat und den fraglichen Mann immerhin freundlich genug in Erinnerung hatte, um es nach ihm zu benennen, stellt sich mir die Frage, warum sie darauf hätte verzichten sollen, ihm zumindest eine Nachricht zukommen zu lassen. Und wenn sie, was ich nicht hoffen will, die Geburt nicht überstanden hat und andere für die Namensgebung verantwortlich waren, dann ist unter ihnen oder doch unter denen, die heute mit dem Kind zu tun haben, mit jenem Felix mindestens einer, der den Vater erkennen kann und ihn wohl auch schon in Aquae erfolgreich hätte aufspüren können. Wenn er das nicht getan hat, erlaubt das gewisse Schlüsse.«

»Dass es Hunold war?«, nannte Ardeija zweifelnd den Namen des jungen Kriegers, der erst in Castra Nova zu seiner Wachmannschaft gestoßen war. »Gut, wo der sich damals und seitdem herumgetrieben hat, können wir nicht wissen, aber der muss vor zwölf Jahren doch selbst noch ein Kind gewesen sein.«

Herrad nickte. »In der Tat, und so glaube ich eher, dass Svein die Sache falsch gedeutet hat. Man kann einen kleinen Jungen auch nach anderen Männern als nach seinem Vater benennen, sonst wäre Herr Antonius oben auf der Burg schwerlich zu einem Thorleif gekommen.«

Die Familie des Kanzlers des Markgrafen stammte in der Tat nicht aus dem Norden, die seiner Frau sogar ziemlich weit aus dem Süden, und so hatte der Name, den sein einziger Sohn trug, die Hochgerichtsleute zunächst erstaunt, bis Stig vor ein paar Wochen auf Umwegen aufgeschnappt hatte, dass es sich bei dem ursprünglichen Thorleif um einen schon vor Jahrzehnten verstorbenen guten Freund von Antonius, allem Anschein nach um einen Mann aus der Burgwache des Vaters und Vorgängers des jetzigen Markgrafen, gehandelt hatte.

»Aber wie dem auch sei«, fuhr Herrad fort, »der Name dürfte leicht herauszufinden sein. Schließlich liegen auf der Markgrafenburg die hiesigen Steuerlisten, die auch Kinder und sonstige Abhängige namentlich verzeichnen. Wir müssen also nur hingehen und Einblick verlangen, um zu sehen, ob zu Felix, Adalwi und Olaf irgendein Kind mit einem Namen gehört, der uns bekannt vorkommt, aber das verschieben wir tunlichst auf morgen früh.«

So, wie die Balken des Gerichtsgebäudes unter dem immer wütenderen Wind ächzten und knackten, war das ein vernünftiger Vorschlag, doch die Einsicht schien Ardeija zu fehlen. »Wenn es so einfach zu klären ist, tue ich das lieber heute als morgen.«

Dazu hatte Gjuki offenbar auf Drachenart etwas zu äußern, was Ivar nicht verstand, aber Ardeija, der diesbezüglich bessere Ohren hatte, sah seinen kleinen Gefährten ernst an und erklärte, Sturm und Regen würden ihn nicht aufhalten.

Wulfila schüttelte den Kopf. »Einen Abend voller Sorgen und sogar einen leidgeprüften Blick von Richenza überlebst du, einen Baum, der dir auf den Schädel fällt, nicht, und inzwischen sieht es da draußen noch ein gutes Stück schlimmer aus als vorhin, als Ivar sich hinausgewagt hat.«

Von Gjuki kam ein Zirpen, das wohl als Zustimmung zu werten war.

Ardeija sah womöglich noch unglücklicher drein als zuvor, zuckte aber immerhin nur die Schultern, statt zu beharren.

»Und wenn du nun wirklich ein drittes Kind hast, dann bedeutet das auch viel Gutes«, fuhr Wulfila unverdrossen fort. »An all dieses Schöne denkst du jetzt, statt dir Gedanken über die Schwierigkeiten zu machen. Maria wäre selig, einen großen Bruder zu haben, Rambert hätte gewiss nichts gegen einen kleinen, und umgekehrt würde der Junge sich ja vielleicht auch über zwei Schwestern freuen, ganz zu schweigen davon, dass er einen guten Vater bekäme. Denn der bist du deinen beiden Mädchen immer gewesen und wärst es auch für ein weiteres Kind, da bin ich mir sicher.«

»Und wenn einer weiß, dass es nicht schlecht ausgehen muss, seinen Vater spät kennenzulernen ...«, murmelte Stig nicht ohne Heiterkeit.

Ardeija wollte offensichtlich hier und jetzt nicht daran erinnert werden, dass er erst als erwachsener Mann erfahren hatte, wer sein leiblicher Vater war. »Am Ende ist es dein Kind, und du lachst zu früh.«

»Wenn ja, dann sollte es mich freuen«, gab Stig mit einem gelassenen Lächeln zurück, »aber wie Frau Herrad schon gesagt hat, war ich die letzten zwölf Jahre über nie schwer zu finden, ob nun als Bettler vor dem Portal der Bischofskirche oder später in besserer Lage. Wäre es eine Bekanntschaft von vor dem Krieg gewesen, gut ... Da hätte man sich aus den Augen verlieren können. So dagegen ist es zwar nicht unmöglich, aber doch unwahrscheinlich, und, wie gesagt: Wenn es doch so ist, dann habe ich nichts dagegen.«

»Es lässt sich leicht so daherreden, wenn man keine Frau hat, der man das Ganze erklären muss«, sagte der Hauptmann düster und streichelte seinen Drachen, was wohl vor allem seiner eigenen Beruhigung diente. »Ich würde lieber heute noch zur Burg gehen, um es sicher zu wissen.«

»Das lässt du schön bleiben«, mischte Ivar sich ein, »aber tröste dich: Du bist nicht der Einzige hier, der eine lange Nacht darauf wird warten müssen, zu tun, was er sich vorgenommen hat. Für mich gilt das auch.«

Ardeija musterte ihn fragend. »Wenn Wulfila mir richtig wiedergegeben hat, was Svein gesagt hat, dann hast du dem wiederum erzählt, es sei nicht dein Kind.«

»Nicht mein Kind, nein«, bestätigte Ivar. »Aber in gewisser Weise mein Olaf. Zumindest befürchte ich das mittlerweile ernsthaft.«

Noch vor einem halben Jahr hätte er auf solche Offenheit verzichtet und die Schlüsse, die er gezogen hatte, wohl mit sich selbst abgemacht oder allein Mathilde mitgeteilt, aber die Umstände seines Freikaufs und alles, was seither geschehen war, hatten seinen Blick vielleicht nicht auf alles, aber doch auf diese Leute gründlich verändert.

Früher in Aquae war man zwar gut miteinander ausgekommen, aber Ardeija war der Einzige aus dieser Runde gewesen, den Ivar einen Freund genannt hätte, und auch ihn keinen so engen, dass Mathilde, nachdem sie von der ungerechten Verurteilung ihres Mannes erfahren hatte, es für aussichtsreich gehalten hätte, den Hauptmann um Unterstützung oder gar Geld zu bitten. Denn Ardeija stand nun einmal in Herrads Diensten, und die war seit jungen Jahren eine gute Freundin von Justa gewesen, die das Geschehene zwar nicht verursacht, aber mit Freuden hingenommen hatte, hatte sie Ivar doch, wenn auch fälschlich, für den Verräter gehalten, der sie die Vogtei Aquae Calicis gekostet hatte.

Als man Ivar damals im Juni in seiner Geschichte von Herja der Starken unterbrochen und in die Burgkanzlei hinaufgeführt hatte, war er folglich zunächst erstaunt gewesen, dass dort neben Mathilde auch Herrad, Ardeija und Wulfila gewartet und ihn allesamt besorgt angesehen hatten. Nach der ersten Verblüffung hatte er dann allerdings geglaubt, sich den großzügigen Zuschuss der Richterin zu seiner Buße, die Mathilde und er nicht allein aufzubringen vermocht hatten, erklären zu können.

Die vierzehn Solidi, die Herrad beigesteuert hatte, waren zwar viel, aber dann doch wieder nicht zu viel, um sich einen erfahrenen Spion zu verpflichten und von ihm erwarten zu dürfen, sich und nötigenfalls seine Gesundheit, wenn nicht gar sein Leben gehörig einzusetzen. Wer ohne eigene Schuld das Hochgericht von Aquae Calicis verloren und zum Ausgleich nur das weit weniger bedeutende von Castra Nova bekommen hatte, wollte vielleicht wissen, wie es in der bisherigen Heimatstadt oder gar an der *aula regia* stand und wo man ansetzen konnte, um wieder bessere Zeiten für sich selbst anbrechen zu lassen.

Für seine Freiheit und dafür, dass auch Mathilde und Gorm sicher untergekommen waren und Sigrid wohlversorgt sein würde, wäre das Ivar noch nicht einmal ein zu hoher Preis gewesen, aber Herrad hatte solch eine Gegenleistung weder eingefordert noch überhaupt in Erwägung gezogen. Einen zusätzlichen Schreiber zu bekommen, war ihr genug gewesen, und auch auf den hatte sie es nicht von vornherein angelegt, denn was sie getan hatte, hatte sie getan, weil sie es als das Anständige betrachtet hatte, obwohl sie sich gut bewusst gewesen war, dass es sie Justas Freundschaft kosten mochte. Später hatte sie der ehemaligen Vögtin gar einen Brief geschrieben, der diesen Bruch besiegelt hatte, hatte sie ihr darin doch nicht nur erläutert, wer ihren Sturz ihren Erkenntnissen nach wirklich zu verantworten hatte, sondern auch betont, hinter Mathilde und Ivar zu stehen.

Das waren die großen Dinge gewesen, aber über die Wochen waren zu viele kleine hinzugekommen, nicht nur Wulfs Freundlichkeit unter dem Apfelbaum, sondern allerlei ungewohnte Formen der Fürsorglichkeit und Rücksichtnahme auch von anderen, sei es nun, dass Stig, seinerzeit entsetzlich erkältet und eigentlich mit jedem Recht, sein Mitleid auf sich selbst zu beschränken, Ivar gleich in den ersten Tagen eine Salbe gebracht hatte, die gut gegen Gelenkbeschwerden aller Art und damit doch wohl auch gegen verstauchte Füße sein sollte, oder dass Wulfila ihn unter Berufung auf die ihm sonst eher unwichtige Tatsache, dass er hier der erste Schreiber war und damit etwas zu sagen hatte, in der Anfangszeit, in der neben den Verletzungen auch die Last des Kerkers und des Torfstechens noch nachgewirkt hatte, mehrfach mit großer Entschiedenheit aus der Kanzlei geworfen hatte, damit er sich ausruhte.

Leuten, die so gut zu einem waren und es offenkundig ernst damit meinten, durfte man es nicht zumuten, hinter ihrem Rücken etwas zu unternehmen, das unweigerlich Zank und Hader, wenn nicht gar einen handfesten Kampf mit oder ohne Waffen nach sich ziehen würde.

Zudem hatte Gorm, der Freundschaften schneller schloss als Ivar, dafür aber auch schon einige hatte zerbrechen sehen, den anderen bald nach ihrer Ankunft in Castra Nova von Ziegen-Olaf erzählt, und so wussten alle in dieser Runde, dass Erik vom Hasenhof hinter Lunde vor langen Jahren, als seine Söhne noch Kinder gewesen waren, den Fehler begangen hatte, vorzeitig seinen Erbanteil zu verlangen, um so gut wie alles Geld, das er gehabt hatte, in Olafs Schiff und eine lohnende Handelsfahrt in den Osten zu stecken. Wäre Olaf erfolgreich heimgekehrt und hätte ehrlich geteilt, wären Erik und er vermutlich von da an reiche Männer gewesen, aber anstelle des abenteuerlustigen jungen Kerls, der so mit seinen großen Plänen geprahlt hatte, hatte nur das Gerücht den Weg zurück nach Lunde gefunden, sein Schiff sei in einem Sturm gesunken, und Olaf und seine Gefährten lägen nun mit auf dem Meeresgrund.

Da nie auch nur einer von ihnen je wieder in Erscheinung getreten war, hatte nichts gegen die Annahme gesprochen, und Erik hatte es nicht mehr leicht gehabt im Leben, denn abgesehen davon, dass er nun nichts mehr zu erben gehabt hatte, waren seine Mutter und sein Bruder sehr zornig auf ihn gewesen, und es hatte oft Streit auf dem Hasenhof geherrscht.

Solange Ivars Großmutter gelebt hatte, hatten sie aber wenigstens noch dort wohnen können, auch wenn das Onkel Sigurd nicht sehr gefallen hatte, und nach dem Tod und dem Begräbnis der alten Frau hatte er Erik samt allen, die zu ihm gehörten, auch ohne Erbarmen hinausgeworfen.

Die Jahre bis dahin hatte Erik mit zahlreichen weiteren Versuchen verbracht, irgendwie zu Geld zu kommen, und dass sie allesamt erfolglos geblieben waren, wäre weniger schlimm gewesen, wenn er wenigstens eine Frau gehabt hätte, die ihrerseits etwas zu erben gehabt hätte.

Aber auch, was das betraf, hatte er – und das schon lange vor der Sache mit Ziegen-Olaf – eine Entscheidung getroffen, die auf dem Hasenhof zu viel Uneinigkeit geführt hatte, denn Sigrid, deren Namen später einmal ihre Enkelin, die sie nicht mehr kennengelernt hatte, bekommen hatte, war ein Fischermädchen aus einer der Hütten unten am Sund gewesen, und damit nach Meinung ehrgeiziger Leute keine Frau, die man heiratete.

Man hatte ihr erst nicht viel Achtung entgegengebracht, als sie auf den Hasenhof gezogen war, dann aber, als man bemerkt hatte, dass sie vermutlich der einzige Mensch dort war, der keine Angst vor ihrer Schwiegermutter hatte, mit den Jahren durchaus etwas mehr. Die schwierigen Anfänge erklärten vielleicht, warum sie, anders als ihr Mann, im Stillen sehr froh gewesen war, von dort aufzubrechen, und sie hatte nur ruhig gesagt, dann müssten sie eben zurück zu ihren Leuten, das würde schon gehen.

Da ihr Bruder anders als der ihres Mannes ein milder, friedlicher Mensch gewesen war, hatte er ihnen auch nicht die Tür vor der Nase zugeschlagen, und für einen Winter waren sie in dem engen Haus dicht zusammengerückt und hatten ihr Bestes getan, irgendwie ihr Auskommen zu finden.

Über die kalten Monate hatte sich das gezwungenermaßen ertragen lassen, aber sie hatten alle gewusst, dass es mit zu vielen Leuten unter einem Dach, nur einem bescheidenen Fischerboot und den wenigen Schafen, die Erik noch sein Eigen genannt hatte, ein kümmerliches Dasein bleiben würde. Doch für eines hatte er über die Jahre gesorgt, nämlich dafür, dass seine Söhne anständige Waffen bekommen hatten, und damit hatte sich ein Ausweg aus dem Unheil angeboten, den Gorm bald zu bahnen versucht hatte, indem er sein Bestes getan hatte, einen guten Eindruck auf Oddleif zu machen, der damals bei einem Kaufmann in Lunde überwintert und für das Frühjahr unternehmungslustige junge Leute gesammelt hatte.

Da Gorm mit einigen derjenigen befreundet gewesen war, die schon sicher dabei gewesen waren, hatten seine Aussichten nicht schlecht gestanden, und Ivar hatte sich in die Runde mitschleifen lassen, weil das immerhin die hoffnungslose Miene seines Vaters etwas aufgehellt hatte und ihm ja doch nichts anderes übriggeblieben war.

Als dann festgestanden hatte, dass sie im Frühling mit Oddleif in die wilde Mischung aus Raubzügen und Söldnerdiensten ziehen würden, mit denen er seinen Lebensunterhalt damals noch ganz erfolgreich bestritt, war Erik unendlich stolz gewesen. »Ich bin ja nun leider zu alt für so etwas«, hatte er gesagt, »aber ihr – ihr werdet etwas erreichen!«

Am zweiten Teil dieser Aussage hatte Ivar schon damals gezweifelt, während er den ersten einfach hingenommen hatte, aber in der Rückschau jagte ihm die Erkenntnis einen Schauer über den Rücken, dass sein Vater seinerzeit ein oder zwei Jahre jünger gewesen sein musste, als er selbst es heute war. In Eriks Leben war wahrhaftig viel schiefgegangen, und vielleicht trug eben auch Ziegen-Olaf eine Mitschuld daran, dass es kürzer geraten war, als es unter besseren Bedingungen hätte werden können.

»Dein Olaf?«, fragte Wulfila nun, während Ardeija nur verwirrt dreinsah, was gegenüber der Düsternis zuvor schon eine gewisse Verbesserung darstellte. »Ich dachte, das wäre nur ein Scherz gewesen, um Ratte zu ärgern.«

»Das war es solange, wie es in der Geschichte noch keine Tante Herja gab«, erklärte Ivar. »Denn wenn hier in der Stadt tatsächlich eine Herja wohnt, deren Bruder Olaf heißt, war ich wohl näher an der Wahrheit, als ich es sein wollte. Ziegen-Olaf hatte eine Schwester namens Herja, die schon vor ihm aus Lunde fortgegangen ist.«

Das war vor über vierzig Jahren geschehen, und Ivar war damals noch zu klein gewesen, als dass es ihn sehr gekümmert hätte, dass die ihm nur flüchtig vom Sehen bekannte und schon längst erwachsene Tochter der übellaunigen Alten drei Höfe weiter mit Kaufleuten aus dem Süden mitgezogen war; schließlich suchten viele Leute ihr Glück in der Fremde. Darüber allerdings, dass ausgerechnet Herja es getan hatte, hatten die Erwachsenen geredet, denn mit Herja der Starken aus der alten Geschichte hatte sie bis auf den Namen nicht das Geringste gemein gehabt.

Später war allerdings nie mehr von ihr die Rede gewesen, und soweit er wusste, war sie nicht einmal in ihre Heimat zurückgekehrt, als ihre Mutter gestorben war und Olaf sich sein geerbtes Landstück von einem Verwandten hatte abkaufen lassen, um Geld für das Schiff zu haben, das dann mit seinen und Eriks Hoffnungen beladen untergegangen war – oder auch nicht, wenn Snotra Recht gehabt hatte und wenn Ivars Verdacht jetzt nicht trog.

»Teufel«, murmelte Ardeija, vorerst erfolgreich von seinen eigenen Sorgen abgelenkt. »Dann wäre der Kerl also gar nicht ertrunken, sondern mit dem Geld deines Vaters auf und davon gegangen?«

»Mag sein«, entgegnete Ivar mit einem dünnen Lächeln und sah Herrad an, die dazu einiges zu sagen haben würde, wenn er es nicht selbst aussprach. »Wenn ja, dann erfolgreich, denn erstens ist die Sache längst verjährt, weil es im nächsten Frühjahr achtunddreißig Jahre her sein wird, dass er zu seiner angeblichen Handelsfahrt aufgebrochen ist, und zweitens kann er sich mit gutem Recht darauf berufen, dass das, was er getan hat, nicht nur außerhalb dieses Gerichtsbezirks geschehen ist, sondern noch nicht einmal in Austrasien, ganz abgesehen davon, dass damals auch keine Hiesigen davon betroffen waren, auch wenn wir mittlerweile allesamt hier gestrandet sind. Klage führen können Gorm und ich also nicht gegen ihn, wenn es unser Olaf sein sollte, das wäre ohne jede Aussicht auf Erfolg.«

Die Richterin hatte ihn seine kleine Rede in Ruhe beenden lassen; nun nickte sie knapp. »Ich bitte nur darum, dass eine förmliche Kampfforderung vor Zeugen ausgesprochen wird, bevor jemand diesem Olaf die Nase blutig haut, alles andere würde sich für das Hochgericht sehr schlecht machen.«

Ivar erwiderte nicht, dass Olaf schon viel Glück haben musste, damit Gorm nur die Fäuste und nicht gleich die Streitaxt zum Einsatz brachte; das wussten alle hier ohnehin.

»Noch hoffe ich, dass die Namensgleichheit nur der seltsamste Zufall aller Zeiten ist«, sagte er lieber, aber er glaubte selbst nicht mehr daran und freute sich nicht darauf, Gorm gestehen zu müssen, dass seine Vermutung wohl so falsch nicht gewesen war.

Ardeija mochte sich ja von dem Verweis auf umstürzende Bäume und sonstige Gefahren eines Sturms gerade noch davon abhalten lassen, sich ins Unwetter hinauszuwagen, aber für Gorm galt das ganz sicher nicht, wenn er sich in den Kopf setzte, Olaf so bald wie möglich zur Rede zu stellen oder erst Rache zu nehmen und dann zu fragen, was damals eigentlich geschehen war.

Bis sie die Kanzlei für die Nacht zuschlossen, konnte Ivar sich immerhin noch der schönen Hoffnung hingeben, dass selbst sein Bruder einsehen würde, dass es für alle Rachepläne ein gewisses Hindernis darstellte, nicht zu wissen, wo

Herja wohnte. Doch dieser ohnehin dürftige Schutz für Olafs Leib und Leben hatte nicht lange Bestand, denn als Ivar den Schlüssel im Schloss drehte, kam Gorm, eben als Wache abgelöst, schon herein und verkündete, die Sache mit Herja habe sich bis zu ihm herumgesprochen, und er habe Hunold gefragt, ob der eine Frau dieses Namens in der Stadt kenne.

»Und er kennt eine«, verkündete er zutiefst zufrieden, »nämlich die Mutter von Herjolf, dem Glasperlenmacher, und wo die beiden nicht weit von der Arianerkirche entfernt leben, hat er mir auch beschrieben.«

»*Der* Herjolf?«, vergewisserte sich Ivar, denn das war der Mann, von dem er die Septemberperle gekauft hatte, obwohl er sich so über seine unhöfliche Art geärgert hatte.

Gorm nickte. »Kein Wunder, dass der mit Leuten verwandt ist, die uns nichts Gutes wollen, so, wie er mit dir geredet hat. Das hätten wir uns gleich denken können. Aber was das betrifft ... Ein wenig musst du ja wohl doch von der Sehergabe unserer Urgroßmutter geerbt haben. Du hast schließlich gleich gewusst, dass es um unseren Olaf geht, auch wenn du es nicht wissen konntest.«

»Wenn ich auch nur annähernd etwas vorhersehen könnte, wären wir nicht hier«, murmelte Ivar, denn wenn er im Frühjahr im Voraus geahnt hätte, dass man ihn in Corvisium festnehmen würde, hätte er sich der Verhaftung nach besten Kräften entzogen, und dann hätte er vermutlich heute auf irgendeinem von Justas Gütern in Neustrien gesessen oder für sie in der Hofkanzlei in Padiacum herumgestöbert, um zu ihrem Wiederaufstieg in der Welt beizutragen.

»Manches muss eben so kommen, wie es kommt«, beschied ihn Gorm schulterzuckend. »Und nun beeil dich, wir haben viel zu besprechen!«

Dass Gorm erst reden wollte, statt gleich loszuschlagen, und Ivar die Zeit ließ, Sintram, der die Nachtwache übernehmen sollte, die Schlüssel in die Hand zu drücken, war einigermaßen beruhigend, und so kam Ivar brav mit durch den Sturm und über den Hof bis zum Südteil des Stallgebäudes, der Herrads Kriegern und ihren Angehörigen als Unterkunft diente.

Mathilde war, umtanzt von Kind und Hund, die sich gleich auf die Neuankömmlinge stürzten, schon dort und stellte eben gemeinsam mit Medardus den schweren Kessel mit dem Abendessen ab, den sie vom Haupthaus herübergetragen hatten, ohne dass es dem Regen oder einer Hundeschnauze gelungen war, unter den Deckel zu dringen.

Zwar lächelte sie Ivar zur Begrüßung an und sagte, sie könnten sich freuen, nach allem, was sie wisse, gebe es heute sehr gute Pastinakensuppe, aber dennoch schnitt es Ivar wie immer ein wenig ins Herz, sie mit etwas befasst zu sehen, mit dem sie sich nicht hätte abgeben müssen, wenn sie noch Justas Schwertmeisterin gewesen wäre, und die Oktoberglasperle wurde in seiner Vorstellung gleich noch ein wenig glänzender und größer, um sie dafür zu entschädigen.

Gorm winkte ab, als kümmere ihn das Essen heute herzlich wenig. »Nun erzähl mir hier nichts von Pastinaken, du hast es doch auch gehört«, sagte er mit gesenkter Stimme, sobald Medardus sich abgewandt hatte, um ein paar Schritte weiter seinen regennassen Mantel aufzuhängen, während sie selbst sich in ihren Winkel des Raums zurückzogen, um ihre Umhänge loszuwerden. »Beides, um genau zu sein ... Und dass es eben beides ist, macht die Sache schwierig.«

Damit, dass seine Nichte ihn gleich fragen würde, was er meinte, hätte er rechnen müssen, aber Ziegen-Olafs anzunehmende Anwesenheit in Castra Nova und vielleicht auch die Geschichte von dem Jungen, der nach jemandem in Herrads Haushalt hieß, beschäftigten ihn wohl zu sehr, um das Gespräch aufzuschieben, bis Sigrid nachher schlief.

So sah er nun auf Ivars und Mathildes Tochter hinunter, fuhr ihr übers Haar und sagte ehrlich: »Na, weißt du, eigentlich müsste ich einen umbringen, der sehr böse zu unseren Eltern und auch zu uns war, aber solange ich nicht weiß, ob er mit einem, der mit uns oder einem unserer Freunde hier verwandt sein muss, seinerseits verwandt oder gut befreundet ist, geht das leider nicht so einfach.«

Sigrid machte große Augen, und ihre Mutter nutzte ihr stummes Staunen, um ihr zuzuraunen, gerade weil alles so schwierig sei, müsse das, was sie jetzt hier besprächen, geheim bleiben.

Das schien Sigrid einzusehen, denn sie nickte ernst, den Blick immer noch auf ihren Onkel gerichtet, der gerade seine Mordpläne kundgetan hatte.

»Wenn dein Onkel weiß, was gut für ihn ist, wird er niemanden umbringen«, sagte Ivar nicht nur zu ihrer Beruhigung und sah dann Gorm an. »Nebenbei, Herrad lässt dir ausrichten, dass du Olaf erst in aller Form zum Kampf fordern sollst, bevor du Unsinn machst.«

Gorm nickte ohne großes Erstaunen. »Das ist nur vernünftig«, befand er, aber er und die Richterin verstanden sich ja auch besser miteinander, als im Vorwege zu erwarten gewesen war. »Und, wie gesagt ... Erst einmal müssen wir uns ohnehin gedulden.« Ein Ausdruck, den man sonst nur zu sehen bekam, wenn Gorm einen Welpen betrachtete, stahl sich in seine Augen, als er fortfuhr: »Denn wenn der Kleine meiner ist, soll er mich doch mögen, und falls er etwas von dem Alten hält, freut es ihn sicher nicht, wenn ich den erschlage.«

»Das ist anzunehmen«, bestätigte Mathilde, und trotz ihres trockenen Tonfalls stand in ihrem Blick merkliche Erleichterung, dass sie wohl heute Abend keine Bluttat mehr zu verhindern haben würde.

Ivar beschäftigte etwas anderes viel mehr. »Denkst du denn, das Kind könnte dein Sohn sein?«

Damit, vielleicht auch noch zu einem Neffen zu kommen, hatte er nicht gerechnet, und für kurze Frist ertappte er sich bei dem ungnädigen Gedanken, dass ein Junge, der auch nur ein wenig nach Gorm kam, verdammt anstrengend werden würde, vor allem, wenn man ihn davon abhalten musste, mit Sigrid so ruppig umzugehen, wie Gorm es in seinen Kinderjahren bisweilen mit seinem kleinen Bruder getan hatte.

Der erwachsene Gorm von heute zuckte die Schultern und räumte ein, sich nicht an eine Frau zu erinnern, die je Verwandte oder Freunde hier in der Gegend erwähnt habe. »Aber man weiß ja nie, und so wenig, wie wir bisher erfahren haben, können wir doch keinen von uns allen ausschließen. Na gut, Wulfila vielleicht, ich glaube, der ist seiner Richterin treu, aber man kann sich ja in den Leuten täuschen.«

»Ich weiß, dass es nicht Ivars Kind ist«, entgegnete Mathilde, und die vertrauensvolle Gewissheit, die in ihren Worten lag, wärmte fast noch besser als der Arm, den sie wie zur Unterstreichung um Ivar legte.

Gorm zog die Augenbrauen hoch, und man merkte ihm an, dass ihm auf der Zunge lag, so leichtgläubig solle keine Frau sein, was ihren Mann anginge, aber das wagte er vor seiner Nichte dann doch nicht auszusprechen, sondern fragte nur: »Wann hat er dir das denn gesagt?«

»Das muss er mir nicht sagen«, beschied ihn Mathilde, und Gorms Miene wurde noch eine Spur mitleidiger, so dass man fast hätte in Versuchung kommen können, ihm nach langen Jahren doch noch die Geschichte von den Heidelbeeren zu erzählen, aber eben auch nur fast, und das nicht nur, weil Sigrid immer noch neben ihnen stand. Er hätte ja doch nur schallend darüber gelacht, und so hätte Ivar wohl auch geschwiegen, wenn Medardus nicht gerade jetzt den Deckel vom Kessel gehoben und alle zum Essen gerufen hätte.

Dennoch dachte er, während er Pastinaken und Möhren löffelte und mit einem Ohr den Gesprächen ringsum lauschte, nicht allein an Ziegen-Olaf, den Jungen, der nach jemandem hier oder drüben im Haus hieß, und den leidigen Sturm, der sich immer noch nicht legen wollte, sondern auch an die Heidelbeersträucher unter dem alten Aquädukt bei Padiacum und Mathilde, wie sie vor etwa zwanzig Jahren gewesen war, noch ohne die im Laufe des vergangenen Sommers zahlreicher gewordenen weißen Haare, die sich jetzt unter die braunen mischten, aber schon mit denselben tiefdunklen Augen, die ihn mit mehr als nur Neugier gemustert hatten.

Im ersten halben Jahr, nachdem Ivar in Justas Dienste getreten war, hatte es für ihn wie für Mathilde zu viel zu tun gegeben, als dass sie genügend Zeit und Muße gehabt hätten, einander so recht kennenzulernen, aber das Wenige, was sie voneinander gesehen hatten, hatte ihnen wohl beiden gefallen.

Denn als der Sommer schon so weit fortgeschritten war, dass die Heidelbeeren reif wurden, fragte sie ihn, als sie unversehens beide einen freien Tag zu füllen hatten, ob sie ihm eine gute Stelle zeigen sollte, um welche zu sammeln.

»Die kennt kaum jemand«, setzte sie hinzu, und darauf hätte Ivar vielleicht besser achten sollen, aber er war viel zu beschäftigt damit, sich zu freuen, weil es doch ein großer Vertrauensbeweis war, jemandem ein so nützliches Geheimnis zu verraten. Er jedenfalls hätte niemanden, der es in seinen Augen nicht verdient hatte, mit zu den besten Heidelbeersträuchern genommen, und wenn Mathilde ihm umgekehrt den Gefallen tat, war er ihr wohl nicht unwichtig.

Das Wetter war herrlich, leicht bewölkt, aber trocken und mild, und auf dem Weg vom Tor ins Grüne hinaus redeten und lachten sie viel und waren guter Dinge. Das blieb Ivar auch, und als sie ein Stück vor der Stadt unter dem alten Aquädukt angekommen waren, brachte er eine ganze Weile damit zu, mit großem Wohlbehagen Heidelbeeren zu essen, noch weitere zum Mitnehmen zu pflücken und Mathilde zu erzählen, dass er gar keinen so schlechten Haferbrei damit zubereiten konnte, falls sie es wagen sollten, sich um das Abendessen an der langen Tafel im Haus von Justas Familie herumzudrücken.

Mathilde, die weniger fleißig gepflückt und genascht hatte, ließ ihn wissen, das sei kein glücklicher Gedanke, und wenn Ivar bis dahin noch geglaubt hatte, es wäre ein gelungener Tag, kamen ihm spätestens jetzt Zweifel, weil seine Begleiterin, die am Morgen noch so freundlich und zugänglich gewirkt hatte, ihn nun fast missmutig ansah und auf dem Rückweg nach Padiacum immer stiller und kühler wurde, so dass sie einander am Ende anschwiegen, und das nicht auf die zufriedene und einträchtige Art. Seinen Haferbrei mit den restlichen Heidelbeeren aß Ivar am nächsten Morgen allein und hatte wenig Freude daran, weil er ihn doch lieber mit Mathilde geteilt hätte.

Die aber ging ihm von da an nicht nur auf Wochen, sondern gleich auf Monate hinaus aus dem Weg und war, wenn sie doch einmal nicht umhinkonnte, mit ihm zu reden, zwar tadellos höflich, aber zurückhaltend und sah ihn an, als hätte er sie schwer enttäuscht.

Ivar wusste zunächst nicht recht, womit er diese Behandlung verdient hatte, die ihn tief traf, weil er Mathilde so gern mochte und ihr nichts Böses getan zu haben meinte, aber nach ihren Gründen fragen konnte er sie bei diesem Stand der Dinge nicht, und darum beschränkte er sich darauf, nachzudenken.

Das allerdings tat er ausführlich, und so setzten sich nach und nach genügend Einzelheiten zusammen, um ihn erkennen zu lassen, dass er einen argen Fehler begangen hatte: Mathildes nur scheinbar beiläufige Äußerung, dass kaum jemand ihre Heidelbeerstelle kannte, die Tatsache, dass sie an dem Morgen besonders sorgfältig geflochtenes Haar gehabt und nicht nach ihrer üblichen Lavendelseife, sondern nach Rosen geduftet hatte, was Ivar durchaus bemerkt, aber auf den freien Tag geschoben hatte, und allerlei Blicke und kleine Berührungen, die wohl kein bloßer Ausdruck guten Einvernehmens, sondern eine Einladung zu weitaus mehr gewesen waren, was ihm vielleicht früher aufgegangen wäre, wenn Mathilde nicht ihrerseits so unbedacht gewesen wäre, ihn ausgerechnet auf eine Fülle von Heidelbeeren loszulassen, vielleicht aber auch nicht.

Denn Ivar war mittlerweile alt genug, um längst festgestellt zu haben, dass ihm etwas fehlte, das die anderen jungen Männer überreich zu haben schienen, nämlich die Fähigkeit, sich vor allem für körperliche Vorzüge zu begeistern. Straffe Brüste oder ein wohlgeformtes Hinterteil zu sehen zu bekommen, richtete bei ihm entsetzlich wenig an, und das hätte wohl nicht so sein sollen, weil es doch nach einmütiger Meinung der Welt zu einem erwachsenen Kerl gehörte, ein Auge für solche Reize und gleich wilde Pläne zu haben. Es war noch nicht einmal so, dass er dafür wenigstens Männer lieber gehabt hätte wie Ketil, der auch mit Oddleifs Söldnern herumgezogen war, bis sie ihn im Herbst vor drei Jahren an einen Flussschiffer auf der Mugila verloren hatten, der anders als seine zahlreichen Vorgänger zu dem Schluss gekommen war, dass zwei Nächte mit einem hübschen Krieger nun wirklich nicht ausreichten und – sei es durch Worte oder durch geheimere Waffen – zum allgemeinen Erstaunen auch Ketil davon überzeugt hatte, dass das zwischen ihnen eine ernste Sache war.

Falls dagegen in Ivar überhaupt so etwas wie rasende Leidenschaft wohnte, versteckte sie sich bisher sehr gut, doch wenn er ehrlich war, fragte er sich, ob man sie überhaupt so dringend brauchte. Geheime Wünsche, die sich auf Mathilde bezogen, trug er zwar fast schon, seit er sie kennengelernt hatte, mit sich herum, aber die hätte manch einer wohl als solche harmloser Art bezeichnet, obwohl Ivar fand, dass sie viel wichtiger waren und tiefer gingen als der Gedanke, das Bett oder vielmehr ein Fleckchen steiniger Erde zwischen Heidelbeersträuchern, auf dem sie es höchst unbequem gehabt hätten, mit ihr zu teilen, der ihm offenbar nicht rechtzeitig gekommen war.

Das alles Mathilde auseinanderzusetzen, verbot sich aber von selbst, weil sie es einem, der sich jahrelang als Söldner in ganz Austrasien herumgetrieben hatte und dem sie vermutlich drei Dutzend rasch wieder verlassene Geliebte zutraute, ja doch nicht geglaubt hätte und man einmal verdorbene Augenblicke ohnehin nicht wiedergutmachen konnte.

Wenn Gorm, der ihn in diesen Tagen in der Schenke »Zum Esel« überraschte, also nur ein wenig freundlicher gewesen wäre, wäre Ivar allein schon aus Verlegenheit und Kummer mitgegangen, aber die Begegnung verlief bekanntermaßen nicht friedlich und angenehm genug, um ihn das ernsthaft in Erwägung ziehen zu lassen, und so blieb er in Padiacum, führte weiter Justas Aufträge aus und ärgerte sich über vertane Gelegenheiten.

Er hatte sich, so gut es eben ging, damit abgefunden, dass Mathilde und er wohl nie mehr als nebeneinanderher lebende Gefolgsleute derselben Herrin sein würden, als sie dann im Vorfeld des Bürgerkriegs in einen Hinterhalt von Räubern gerieten und alles einen üblen Verlauf nahm.

Am Ende waren die Wegelagerer zwar tot, aber auch die Krieger, die Mathilde zurückbehalten hatte, um Justa eine sichere Flucht zu ermöglichen, und dass sie, als nur sie und Ivar noch übrig waren, zu ihm, der glaubte, an einer Speerwunde sterben zu müssen, herüberhinkte, sich in den Schlamm fallen ließ, um seinen Kopf auf ihren Schoß zu ziehen, und ihm gegen seine Todesangst und seine Furcht vor den Walküren beistand, bis nach bangen Nachtstunden Hilfe kam und alles zumindest für sie beide noch glimpflich ausging, rechnete er ihr hoch an, vor allem, da sie den Kerl, der sie vermeintlich verschmäht hatte, ja auch einfach hätte verrecken lassen können.

Dafür aber war sie zu anständig und zu ehrenhaft, und so war das der Tag, an dem er Mathilde ein zweites Mal und erst so eigentlich kennenlernte und von dem an er sie als verlässliche Freundin betrachtete.

Das bestätigte sich, als sie ihn besuchen kam, während er nach ihrer Rückkehr nach Padiacum im Bett lag und sich von seiner Verletzung erholte, überließ sie ihm doch die Entscheidung, ob manches, was in der schlimmen Nacht getan und gesprochen worden war, je Dritten bekannt werden sollte.

Dabei sah sie ihn aber so an wie etwas unendlich Kostbares, von dem sie noch nicht ganz glauben konnte, dass es doch nicht verloren gegangen war, und in Verbindung mit dem neuerlangten Wissen, wie viel Vertrauen er ihr schenken konnte, ließ das Ivar endlich allen Mut zusammennehmen.

Als sie schon Anstalten machte, sich zum Unmut ihres verwundeten Beins hochzustemmen und wieder zu gehen, sagte er also: »Mathilde ... Wir müssen noch einmal über die Heidelbeeren reden.«

Mathilde sah ihn groß an, schüttelte dann aber tapfer den Kopf. »Das müssen wir nicht. Ich habe mir zu viel gedacht, das kann nun einmal geschehen«, sagte sie und klang trotz ihrer gezwungen heiteren Miene ganz ungewohnterweise so, als sei sie den Tränen nah.

Das brachte Ivar selbst fast zum Weinen und war doch zugleich gut, denn wenn es ihr nicht mehr wichtig gewesen wäre, von ihm mehr als nur gemocht zu werden, hätte der Gesprächsgegenstand sie nicht so mitgenommen.

»Doch, das müssen wir«, sagte er und griff nach ihrer Hand, die sich auf seine Bettdecke verirrt hatte und ungewohnt kalt war, »denn ich glaube nicht, dass du dir zu viel gedacht hast.«

Sie sahen einander an, und Mathilde ließ ihm ihre Hand, die er sicherheitshalber gut festhielt, damit sie ihm nicht davonhumpelte, bevor er ihr gestehen konnte, was sie vielleicht so oder so in die Flucht treiben würde.

»Da beim Aquädukt ... Da hast du gehofft, dass wir mehr tun würden, als nur Heidelbeeren miteinander zu essen, nicht wahr?«, fragte er und setzte, als sie knapp nickte, was ihr viel abzuverlangen schien, rasch hinzu: »Das war keine unvernünftige Erwartung, und keine, die mir ... unwillkommen wäre, nur ... Da war nie jemand vor dir, Mathilde, keine andere Frau und auch kein Mann. Ich verstehe mich nicht gut auf solche Dinge, da fehlt mir vielleicht etwas, und es tut mir auch leid. Ich wollte dich nicht enttäuschen, auf mein Wort, und das habe ich wohl, wenn du an dem Tag sogar nach Rosen geduftet hast.«

Das war eine lange Rede, wenn einem alles wehtat und man fest damit rechnete, gleich ausgelacht zu werden oder auf eine taktvollere Art von Unverständnis zu stoßen.

Doch Mathilde lachte nicht, und ihre Hand blieb in seiner ruhen, ohne auch nur zu zucken. In ihrem Blick lag Erstaunen, gewiss, aber weder Unglauben noch Verachtung. »Das ist dir also aufgefallen«, sagte sie, und Ivar nickte, da er es nicht für einen günstigen Zeitpunkt hielt, ihr beizubringen, dass er den Lavendel, den man alle Tage an ihr riechen konnte, eigentlich noch lieber mochte.

Nun lächelte Mathilde ein wenig. »Du hast mich nicht enttäuscht«, log sie, und dann nicht mehr, als sie mit feierlichem Ernst hinzusetzte: »Im Gegenteil, ich fühle mich geehrt.«

Ob sie damit das Vertrauen meinte, das aus seinem Geständnis sprach, oder ob es ihr im Stillen sehr gefiel, seine Erste zu sein, erläuterte sie nicht, aber die Frage wurde auch unbedeutend, als sie ihm mit der freien Hand sacht die Wange streichelte und ihn wissen ließ, im Grunde sei es klug, nichts zu überstürzen, sie sei manchmal zu ungeduldig. »Es ist ja nicht so, dass wir nicht noch einmal zu den Heidelbeeren gehen könnten, wenn uns der Sinn danach steht.«

Ivar wandte ein, erstens trügen die Sträucher nun keine Früchte mehr und zweitens sei es draußen beim Aquädukt jetzt im November vermutlich nass und elend kalt, und das brachte Mathilde so sehr zum Lachen, dass ihr doch noch die Tränen kamen.

Irgendwann im Laufe des Dezembers, als sie beide wieder besser auf den Beinen gewesen waren, hatte er dann herausgefunden, dass es auch im Trockenen verschwiegene Winkel gab, die Mathildes Vorhaben dienlich waren, und dass ihre Wärme und ihre Nähe durchaus sehr schön sein konnten. Warum man so etwas aber auch mit beliebigen Leuten hätte versuchen sollen, denen man keinen Haferbrei kochen wollte und bei denen man sich nicht sicher sein konnte, dass sie einen bei Bedarf auch vor den Walküren retten würden, erschloss sich ihm bis heute nicht ganz, nur, dass er mittlerweile glücklicherweise wusste, dass Mathilde es nicht für einen Makel hielt, dass er so und nicht anders geartet war.

So, wie ihr Blick heute Abend, während sie mit einem Brotstück ihren letzten Suppenrest auftunkte, immer wieder zu den anderen beiden Kriegerinnen im Raum hinüberging, fragte sie sich wohl, ob sie sich als Einzige hier sicher war, dass ihr Mann nie auch nur in Versuchung gekommen war, sie zu betrügen, und Ivar fragte sich mit ihr, um sich dann jedes Mal, wenn sie ihn ansah, unbändig darüber zu freuen, dass in ihren dunklen Augen kein Funken von Argwohn ihm gegenüber glomm.

Gorm dagegen hielt sich nicht lange damit auf, die anderen in der Runde zu beobachten, sondern war merklich ungeduldig. Statt das Essen zu genießen, schien er froh zu sein, als sie es hinter sich gebracht hatten, und schlug sogar Medardus' Einladung, mit ihm zu würfeln, aus. Leidlich zufrieden war er erst wieder, als die Schar von Kriegern und Bediensteten sich, wie fast immer nach dem Abendessen, in einzelne Grüppchen zerstreut hatte und einige Zeit später Sigrid ins Bett gebracht und eingeschlafen war, so dass man das unterbrochene Gespräch von vorhin gefahrlos fortsetzen konnte.

»Der Sturm legt sich allmählich«, verkündete er, und die schwungvolle Geste, mit der er zu den Deckenbalken hinaufwies, hätte seine Schale mit dem noch bedrohlich heißen

Kräutertee fast überschwappen lassen, »also wird es doch höchste Zeit, dass wir Pläne machen.«

»Das ist kein Grund, uns nasszugießen«, beschied ihn Mathilde, aber Gorm winkte nur ungerührt ab.

»Wie gesagt, erst muss die Sache mit dem Kind geklärt sein«, fuhr er fort, »aber außerdem wollen wir doch wohl, dass für uns ordentlich etwas herausspringt, wenn Olaf schon nicht so einfach bekommen kann, was er verdient.« Er lächelte genüsslich. »Und der wird etwas herausrücken, wenn wir es klug anfangen. Schließlich wissen wir, dass er hier in der Stadt das Holz aus seinem Wald verkauft. Wenn er das auch weiter tun will, braucht er einen guten Ruf, und den können wir ihm verderben, wenn wir nicht darüber schweigen, wie wenig ihm Leute, die mit ihm Geschäfte machen, vertrauen können. Also wird er nicht wollen, dass wir überall verbreiten, wie er unseren Vater arm gemacht hat, und dass wir es nicht tun, lässt er sich bestimmt etwas kosten.«

»Du weißt aber, dass Herrad dir etwas erzählen wird, wenn man Leute in ihren Diensten auf einmal zu Recht einer Erpressung beschuldigen kann?«, fragte Mathilde.

Gorm zuckte die Schultern. »Es ist ja nur eine, wenn man sehr unverhohlen damit droht, und wozu habe ich einen Bruder, der gut reden kann? Der wird Olaf schon verdeutlichen, wie es steht, ohne dass jemand uns nachweisen kann, dass wir etwas Verbotenes getan haben.«

»Deinen Bruder müsstest du aber erst einmal überzeugen, solchen Unsinn zu machen«, gab Ivar zu bedenken und hob seine eigene Teeschale an, um sich die Hände zu wärmen.

Gorm holte Luft, und seine Antwort wäre gewiss nicht schmeichelhaft ausgefallen, aber Mathilde war schneller.

»Wir hätten mit so etwas mehr zu verlieren als zu gewinnen«, sagte sie mit eindringlichem Ernst, »und wie viel bei diesem Olaf überhaupt zu holen ist, weißt du auch nicht.«

»Sein Neffe macht doch immerhin Glasperlen«, hielt Gorm unverdrossen dagegen. »Wenn er uns davon genug für eine Kette gibt, ist das ein Anfang, denn dann müsste Ivar keine mehr kaufen und könnte sich stattdessen neue Winterstiefel machen lassen. Ich habe euch darüber reden hören!«

Mathilde seufzte nur und wandte sich ihrem Tee zu, aber Ivar bedachte seinen Bruder mit einem bösen Blick, denn in die Sache hätte Gorm sich nun wahrlich nicht einmischen sollen.

Zwar traf es zu, dass Turnus, der Hund, neulich beschlossen hatte, dass Ivars linker Winterstiefel ein vorzügliches Spielzeug war, dass der Schuster unten am Hafen den Kopf geschüttelt und die Einschätzung abgegeben hatte, das wieder in Ordnung zu bringen, lohne sich nicht, und dass Mathilde Ivar daraufhin gesagt hatte, nun seien neue Stiefel für ihn wichtiger als irgendwelche noch so gutgemeinten Geschenke für sie, aber das hätte Gorm verdammt nochmal nicht mit anhören sollen, und schon gar nicht, was sie dann noch geredet hatten.

»Oh doch, du bekommst deine Glasperlen«, hatte Ivar nämlich erwidert. »Du musst viele schöne Dinge haben, schließlich hattest du von uns beiden zuletzt die schlimmere Zeit.«

»Ich?«, hatte Mathilde gefragt und ihn angesehen, als wäre sehr an seinem Verstand oder doch an seinen Bewertungsmaßstäben zu zweifeln.

»Ja«, hatte Ivar bestätigt. »Wenn du irgendwo gefangen gewesen wärst und ich keine Möglichkeit gehabt hätte, mit dir zu sprechen oder sonstwie herauszufinden, wie sie dich behandeln, wäre ich halb wahnsinnig vor Angst geworden, und gleichzeitig noch zu verhindern, dass Gorm etwas anstellt und Sigrid zu sehr unter allem leidet, wäre mir sehr schnell über den Kopf gewachsen. Ich kann mir also vorstellen, was du auszuhalten hattest, während ich nur Torf stechen musste. Das war zu ertragen.«

Dass sie auch noch ihre geachtete, vielbeneidete Stellung als Justas Schwertmeisterin verloren hatte, hatte er lieber nicht erwähnt, aber vermutlich hatte er es sehr laut gedacht, denn Mathilde hatte ihn nur ebenso bekümmert wie liebevoll angesehen und ihm sacht übers Haar gestrichen, das mittlerweile immerhin so weit nachwuchs, dass es die Bezeichnung wieder halbwegs verdiente, obwohl Ivar zu seinem Missfallen hatte feststellen müssen, dass er in den letzten Monaten grauer geworden war.

Das aber war noch eher zu verschmerzen als ein lauschender Gorm, und so hätte er nun wohl etwas Unfreundliches gesagt, wenn es nicht genau in dem Augenblick draußen hinter dem Stall vernehmlich gepoltert hätte, als sei etwas umgefallen. Turnus, der bisher, die Schnauze zwischen den Vorderpfoten, behaglich zu Ivars Füßen gelegen hatte, hob den Kopf.

»Hast du den Wassereimer leer vor der Tür stehen lassen, und das bei dem Wind?«, fragte einer der beiden Stallknechte vorwurfsvoll den anderen.

Gorms Augen blitzten auf, als er es hörte, und so sehr Ivar sich auch gerade über ihn ärgerte, wusste er doch, dass sein Bruder vorhin Recht gehabt hatte, als er bemerkt hatte, der Sturm würde nachlassen. Schlimm genug, einen Eimer durch die Gegend zu wirbeln, der das bisherige Toben des Wetters ruhig überstanden hatte, war alles nun nicht mehr.

In diese Überlegungen gellte, ebenso schrill wie unerwartet, ein Falkenschrei, und als darauf wiederum eilige Schritte folgten, hatte Adela, die als Stellvertreterin des Hauptmanns die Entscheidung zu treffen hatte, ihre Krieger binnen eines Augenblicks in Bewegung.

Mathilde hätte die Lage gewiss ebenso gut, wenn nicht besser im Griff gehabt, wenn sie hier den Befehl geführt hätte, aber sie hielt sich zurück, wie sie es nun musste, und Ivar blieb glücklicherweise keine Zeit, lange darüber nachzusinnen, da Adela ihm, bevor sie selbst zur Hintertür hinausstürmte, einen Wink gab, den Weg nach vorn über den Hof zu nehmen und im Haus Bescheid zu sagen, dass etwas Verdächtiges vorging. Befugt, auch den Schreibern ihrer Herrin Weisungen zu erteilen, war sie zwar eigentlich nicht, doch so knapp, wie das Hochgericht immer noch mit Wachen ausgestattet war, bot sich nun einmal an, zu nutzen, was sonst noch vorhanden war.

Im regennassen Dunkel des Hofs, auf dem nur ein Stumpf noch davon zeugte, dass hier vor Monaten eine Gerichtslinde üblen Umtrieben zum Opfer gefallen war, war außerhalb des matten Lichtscheins der Laterne über der Tür des Hochgerichtsgebäudes wenig zu erkennen, und auch dort nur Sintram, der den Lärm bisher offenbar nicht sehr ernst genommen hatte und erst jetzt aufmerkte, als einer der Stallknechte zu ihm hinüberlief und ihn zu gesteigerter Wachsamkeit mahnte.

Drüben im Wohnhaus waren sie wohl etwas wacher, denn Ivar hatte die Hand eben erst zum Klopfen erhoben, als die Tür auch schon aufgerissen wurde, wenn auch nicht, um ihn einzulassen: Etwas – vielleicht ein im Gegenlicht des Küchenfeuers kaum auszumachender Vogel – schoss an seiner rechten Schulter vorbei lautlos in die Nacht hinaus, und vor Ivar stand auf der Schwelle Ardeija und murmelte bei seinem Anblick: »Oh, verdammt, verdammt!«

Das ließ die Geschichte mit einem Schlag interessanter werden als die eines verhinderten Einbrechers, der im schlechten Wetter auf dem Grundstück herumschlich und durch eigenes Ungeschick entdeckt worden war.

»Hinter dem Stall ist jemand, deine Leute kümmern sich schon darum«, meldete Ivar dennoch pflichtgemäß. »Aber was war das hier eben?«

»Verdammt«, sagte Ardeija noch einmal und wirkte, soweit man es seinem im Schatten liegenden Gesicht ansehen konnte, als hielte er widersinnigerweise Ivar für die eigentliche Gefahr.

»Was war das?«, wiederholte Ivar. »Und warum soll ich nichts davon erfahren?«

Ardeija sah ihn stumm und todunglücklich an und schien sich in seiner Haut nicht wohler zu fühlen als vorhin, als die Nachricht, dass ein fremdes Kind nach jemandem in Herrads Diensten benannt war, ihm so zugesetzt hatte.

»Geh ruhig zu deinen Kriegern«, sagte seine ältere Tochter Rambert hinter ihm. »Ich erkläre Ivar, wie es steht.«

Ardeija zögerte einen Herzschlag lang, aber sein Drache schlüpfte schon von seiner Schulter unter sein Hemd, da es doch in den Regen hinausgehen sollte, und das war dem Hauptmann offensichtlich Aufforderung genug, um sich auf den Weg über den Hof zu machen.

Rambert ihrerseits ließ Ivar nicht die Zeit, ihrem Vater noch eine lästige Frage nachzurufen, sondern zog ihn lieber ins Haus und schloss die Tür.

Sie in der langen Tunika zu sehen, die sich für jemanden schickte, der das Niedergericht von Castra Nova unter sich hatte, war im ersten Augenblick auch nach Monaten noch immer ein wenig ungewohnt, aber doch etwas, das Ivar jeden

Tag mit großem Stolz erfüllte, seit in der Kanzlei zum ersten Mal ein von *Lucia Ramberta iudex* unterzeichnetes Schriftstück durch seine Hände gegangen war.

Davon, dass man um Ramberts Zukunft nicht besorgt sein musste, war er zwar schon überzeugt gewesen, als sie in Aquae noch ihm zur Hand gegangen war, bevor der Sturz der Vögtin sie alle nach Castra Nova gewirbelt hatte, aber dass ihr Weg so hoch hinaufführen würde, war damals noch nicht abzusehen gewesen, nicht aufgrund mangelnder Eignung der jungen Frau, sondern weil sich Gelegenheiten wie diese nun einmal selten boten. Aber sie hatte das Glück gehabt, das sie verdiente, und schlug sich dort drüben am Niedergericht gut.

Eigentlich hätte eine Frau, die solch eine verantwortungsvolle Stellung bekleidete, auch ihrem eigenen Haushalt vorstehen sollen, aber dazu musste sie erst einmal ein Dach haben, unter das viele Köpfe passten, und das zu bekommen, war schwieriger geworden als erwartet, begonnen damit, dass man in Castra Nova nicht im Handumdrehen ein Baugrundstück fand, wenn man zum Umkreis des Hochgerichts gehörte, das sich in seinen ersten Wochen hier nicht übermäßig beliebt gemacht hatte.

Im August waren dann die Geldnöte eines windigen Kaufmanns größer geworden als seine Bedenken, und ein Teil dessen, was der Verkauf des Hauses von Ramberts Familie unten in Aquae eingebracht hatte, war in die noch recht unansehnliche, mit reichlich Unkraut überwucherte freie Fläche unweit der Pelagianerkirche geflossen. Von da an hätte eigentlich alles gut gehen können, aber die zuständigen höheren Mächte waren wohl der Meinung gewesen, Rambert mit der Ernennung zur Richterin für ein Jahr schon genug geschenkt zu haben, denn nichts war so reibungslos wie gewünscht verlaufen.

Erst hatte es noch ganz hoffnungsvoll ausgesehen, nicht nur beim Niedergericht selbst, wo es Rambert schier entzückt hatte, dass kein einziger Mensch darüber gelacht hatte, als sie ein erstes Mal, wenn auch zögernd, mit ihren beiden ungeliebten Taufnamen unterschrieben hatte, für die sie in ihrer Kindheit viel Spott hatte einstecken müssen, sondern eben auch beim Hausbau ihrer Familie.

Der Markgraf hatte als Vorschuss auf die Einkünfte, die seiner neuen Richterin zustanden, Bauholz zur Verfügung gestellt, und sein Kanzler Antonius, den Rambert wohl schon bei ihren ersten Besuchen auf der Burg gebührend beeindruckt hatte, die nötigen Leute dazu vermittelt, die ihre Sache auch ordentlich gemacht hatten.

Das Grundgerüst dessen, was ein stattliches Haus hätte werden können, hatte darum schon im Laufe des Septembers Gestalt angenommen, und man war zuversichtlich gewesen, dass bis zum Anbruch des Winters etwas Bewohnbares daraus werden würde. Doch was schon gestanden hatte, war kurz nach der Tagundnachtgleiche niedergebrannt, und das einzig Gute, was sich darüber sagen ließ, war, dass man das Feuer hatte löschen können, bevor es auf eines der Nachbargebäude übergesprungen war. Dass man den Brandstifter noch in derselben Nacht gefasst hatte, half wenig, denn genug Geld oder Vermögen, das Vernichtete zu ersetzen, hatte er nicht, da er sich schon sein Leben lang als kleiner Dieb unten im Hafen durchgebracht hatte und sich an der jungen Richterin für eine Verurteilung in der Vorwoche hatte rächen wollen.

»Vielleicht sollte es einen nicht wundern, wenn jemand einem ein Brandmal mit Feuer vergilt«, hatte Rambert mit grimmigem Spott gesagt, als sie am nächsten Tag den Schaden in Augenschein genommen hatte. »Und besser jetzt als später, wenn wir schon dort gewohnt hätten.«

Doch alle tapferen Reden nützten ihr ebenso wenig wie die Tatsache, dass der Mann mittlerweile in den Burgkerker gewandert war, in dem auch Ivar jetzt noch gesessen hätte, wenn man ihn nicht im Juni freigekauft hätte. Es stand noch kein Haus für den Winter, das bisher ausgegebene Geld war wohl verloren, und wie alles nun werden sollte, würde sich erst noch finden müssen.

So kam es, dass Ramberts kleine Kriegerschar weiterhin drüben im Niedergericht kampierte, während alle, die noch näher zu ihr gehörten, vorerst in Herrads Haus lebten, da der Vorschlag ihrer Großmutter Asri, ein wetterfestes Zelt aufzuschlagen, zum Bedauern der alten Frau aus der Steppe keinen allgemeinen Beifall gefunden hatte.

Doch sie hatte sich, wenn auch unmutig, der Mehrheit gefügt, und so fiel es doppelt auf, dass ihr Gesicht in der großen Runde, die sich so ergeben hatte, heute Abend unübersehbar fehlte. Vielleicht hätte sie sonst Stig und ihrer Schwiegertochter geholfen, freundlich auf Herrads Magd Casta einzureden, die sehr blass und verstört in einem Winkel beim Feuer hockte, während so gut wie alle anderen sich um den Küchentisch und um Wulf drängten, genauer gesagt um die Kerze, die dort brannte, und einen Brief, den er in ihrem Lichtschein gelesen zu haben schien, bevor die Störung an der Haustür ihn unterbrochen hatte.

»Ja«, sagte Rambert, der die rasche Wanderung von Ivars Blick nicht entgangen war, »meine Großmutter ist nicht hier. Das gehört zu dem, was ich dir erklären muss. Komm. Um alle da draußen musst du dir keine Sorgen machen, die Lage ist, soweit wir es einschätzen können, nicht gefährlich.«

Trotz dieser Behauptung wollte sie ihm das, was sie zu sagen hatte, wohl lieber nicht vor den Ohren all derer, die sich um den Tisch scharten, erläutern, denn sie führte ihn nicht dorthin, sondern nach links hinüber tiefer ins Halbdunkel des Hauses.

Das trug ihr einen missbilligenden Blick von ihrem Großvater Theodulf ein, der damit befasst war, ihre kleine Schwester zu überzeugen, dass wirklich kein Anlass bestand, *nicht* weiterzuschlafen, aber immerhin blieb er friedlich auf der Bettkante sitzen und ließ seine ältere Enkelin ihr Gespräch führen, obwohl es seine Bemühungen untergrub.

»Ihr wisst also, wer sich dort draußen herumtreibt«, stellte Ivar fest, denn anders waren Ramberts Worte nicht zu deuten.

Ein Nicken bestätigte seine Annahme. »Nur ein alter Freund von Wulf, denken wir. Zumindest ist ein kurzer Brief von einem, der es nicht böse mit ihm meint, eben unter der Hintertür durchgeschoben worden, und vermutlich hat der Mann ihn selbst vorbeigebracht und sich dann wieder davongestohlen.«

Ivar setzte die neue Einzelheit mit dem zusammen, was er früher am Tag erfahren hatte, und nun ergab manches einen Sinn, nicht aber, warum ihn eben fast ein Vogel umgeflogen und Ardeija so ausdauernd geflucht hatte. »Felix?«, fragte er nach und hätte Ramberts Nicken zur Bestätigung kaum gebraucht. »Und wenn der sich hier lieber nicht blicken lässt, ist es ein Bekannter aus Wulfs Zeit in den Steinbrüchen, nicht wahr?«

»Ich glaube, du musst ihm gar nichts weiter erklären«, mischte Theodulf sich, nun eher belustigt als unmutig, ein und duldete es, dass Maria sich neugierig im Bett aufsetzte und auch zu den beiden herüberspähte, die ihr den derzeit

besten Vorwand boten, nicht wieder die Augen zu schließen. »Der hat zu viel Vergnügen daran, selbst dahinterzukommen.«

»In Anbetracht der Tatsache, dass es spät ist und einige
weitere Erläuterungen alles deutlich abkürzen könnten, verzichte ich auf das Vergnügen heute gern«, entgegnete Ivar und
lächelte zu Maria hinüber, die, anders als Rambert in jüngeren
Jahren, nie Vorbehalte gegen ihn gehabt hatte. Ob das eher für
Namberts Klugheit sprach oder dafür, dass Maria neben der
Farbe von Haar und Augen auch die an Leichtsinn grenzende
Tollkühnheit ihres Vaters geerbt hatte, der im Übrigen behauptete, sie käme nach ihrer Mutter, wusste Ivar nicht zu
sagen.

Maria lächelte jedenfalls unbefangen zurück und steuerte
hilfreich bei, dieser Felix sei damals aus den Steinbrüchen nicht
entlassen worden, sondern einfach so geflohen, das habe sie
eben ganz deutlich mitgehört.

»Fast«, verbesserte Rambert mit der Sorgfalt, die ihr in
solchen Belangen schon zu eigen gewesen war, bevor sie ein
Amt angetreten hatte, in dem es darauf ankam, jede Feinheit
eines Tatbestands in ihre Überlegungen einzubeziehen. »Wenn
Wulf ihm nicht erhebliche Fluchthilfe geleistet hätte, wäre er
nicht von dort fortgekommen.«

Ivar konnte nicht behaupten, über diese Wendung allzu
verwundert zu sein. »Kann daraus noch Ärger für einen der
beiden erwachsen?«, erkundigte er sich nur und war froh,
Rambert den Kopf schütteln zu sehen.

»Nach siebzehn, achtzehn Jahren? Wohl kaum, und solange
Felix klug genug ist, Felix zu bleiben und sich nicht auf ältere
Namen zu besinnen, wird auch niemand nachfragen, was ein-
mal war.«

Wäre sie eine gewesen, die nicht auf Feinheiten achtete, hätte man die Aussage so, wie sie war, schlicht zur Kenntnis nehmen können, aber die junge Richterin drückte sich gemeinhin genau aus und hätte es Ivar gewiss übelgenommen, wenn er nun nicht nachgehakt hätte.

»Ältere *Namen*? Hatte er mehr als einen?«

Nun bekam er statt des Kopfschüttelns ein Nicken zur Antwort. »Den ersten hat er abgestreift, um auf dem Weg in die Steinbrüche den eines zur rechten Zeit verstorbenen Burschen zu übernehmen, der ihm sehr ähnlich sah, aber zu einer weitaus geringeren Strafe verurteilt worden war, den zweiten dann wohl mit seiner Flucht aus Mons Arbuini. Die da drüben sind noch dabei, herauszufinden, ob er zu denjenigen zu rechnen ist, die ungeachtet der Tatsache, dass sie sich nach dem Bürgerkrieg einer Haft entzogen haben, unter die Begnadigung fallen, die Königin Radegunde vor Jahren auf dem Hoftag in Aquae für viele der letzten Verurteilten, die von damals noch übrig waren, ausgesprochen hat.«

In der Tat schien Herrad dabei zu sein, am Küchentisch mit dem Eifer, mit dem sie sich immer auf schwierige und unklare Rechtsfragen stürzte, irgendwelche Möglichkeiten und Bedingungen zu erläutern, und so aufmerksam, wie Wulf ihr lauschte, war es für ihn keine ganz unbedeutende Frage, ob jener Felix bald in Schwierigkeiten stecken würde oder nicht.

»Gut«, sagte Ivar. »Aber er selbst scheint ja zu glauben, dass er besser vorsichtig sein sollte, wenn er lieber einen Brief unter der Tür hindurchschiebt und sich wieder davonschleicht, statt einfach zu klopfen.«

Erst jetzt stahl sich ernsthaftes Unbehagen in Ramberts Miene. »Wir gehen nicht unbedingt davon aus, dass er *geschli-*

chen ist«, entgegnete sie sehr leise und stockender, als es sonst ihre Art war. »Wulf meint, dass Felix wohl eher so hier war, wie er sich damals auch aus den Steinbrüchen davongemacht hat, und das ... Das ist etwas, wofür du mich auslachen wirst.«

Wenn sie das schon so ernsthaft ankündigte, versprach Ivar lieber nicht das Gegenteil. »Das wird sich finden.«

Einer lachte schon in sich hinein, und zwar Theodulf, der Maria eine Hand auf die Schulter legte und sie zum Schweigen ermahnte, als sie den Mund aufmachte, um sich noch einmal einzumischen.

Rambert wäre für ein wenig Unterstützung vielleicht gar nicht einmal undankbar gewesen, denn für ihre Verhältnisse zögerte sie lange, bevor sie begann: »Erinnerst du dich an den Mantel, der im Sommer vor acht Jahren fast verbrannt wäre, als meine Großmutter ihn für unsere damalige Nachbarin flicken sollte, den, von dem du nie glauben wolltest, dass er ein Zaubermantel war?«

Damals hatte Ivar in der Tat nicht geglaubt, dass die alten Geschichten, in denen Leute nur das passende Kleid überstreifen mussten, um sich in Schwäne, Wölfe oder Falken zu verwandeln, mehr als wilde Erfindungen oder dichterische Bilder für ganz andere Vorgänge waren, aber wenn man unter einem Heuboden mit einer Trollfrau und gleich neben einem Haus voller Geisterseher wohnte, lernte man sehr rasch, Dinge, die man noch ein paar Jahre oder gar Monate zuvor als unmöglich abgetan hätte, wenigstens in Erwägung zu ziehen.

»Ja«, sagte er also und wartete dann ab, ohne Rambert diesmal mit eiligen Schlüssen zuvorzukommen, denn nun ging es um Belange, von denen er weniger verstand als von heimlich überbrachten Briefen und der Sorge, für längst vergangene Verfehlungen zur Verantwortung gezogen zu werden.

»Solch ein Mantel war in Mons Arbuini verborgen«, fuhr Rambert, augenscheinlich erleichtert, dass er nicht lachte, fort, »einer, von dem nur noch ein Geist wusste, und mit Wulfs Hilfe hat Felix, bevor er Felix wurde, diesen Mantel an sich gebracht und ist davongeflogen ... Als Wanderfalke, sagt Wulf.«

Es war Ivar, als würde ihm der Raubvogelschrei, den sie vorhin alle gehört hatten, noch einmal in den Ohren gellen. »Und ihr meint nun, er ist als Falke gekommen und hat den Brief gebracht?«

Rambert nickte. »Da war draußen etwas wie ein Flattern, kaum dass der Brief unter der Tür hindurchgeschoben war, und daraufhin ...« Sie holte tief Luft, und in den Augen ihres Großvaters stand neben allem Lachen gehöriger Stolz. »Daraufhin sagte meine Großmutter: ›So ein unhöflicher Kerl, nicht zu klopfen! Den fange ich euch ein, mag ja sein, dass ein Falke schneller ist als ich, aber ich werde mehr sehen können. Mach die Tür auf, Ardeija.‹ Und wenn sie so etwas verlangt, dann tut man es besser schnell.«

Ivar dachte an den fluchenden Ardeija, an das, was durch die Luft an ihm vorbeigesaust war, und den Mantel, von dem Rambert gesprochen hatte. »Das eben war aber keine Ringeltaube«, gab er zu bedenken, »die hätte man hören müssen.«

Die junge Richterin nickte. »Nein. Der Ringeltaubenmantel ist auch nicht mehr da, den hat es, kurz nachdem er damals nur beinahe verbrannt wäre, doch noch getroffen. Aber damit wollte meine Großmutter sich nicht abfinden, und so hat sie einen neuen Umhang von der Art angefertigt. Keinen, um sich in eine Ringeltaube zu verwandeln, allerdings.«

Nun fragte Ivar sich doch noch, ob sie ihn auf den Arm nehmen wollte. »Asri näht Zaubermäntel?«

»Nur den einen«, schränkte Rambert ein, »es ist mit entsetzlichem Aufwand verbunden und strengt verdammt an, und es ist auch nicht so einfach, ausreichend Federn für so einen Vogelmantel zu bekommen ... Man braucht nämlich mindestens genug für den ganzen Kragen, weißt du? Eigentlich wollte sie welche von den Turmfalken oben im Turm der Bischofskirche in Aquae, aber das ist schiefgegangen, und da musste sie dann nehmen, was bei den Schleiereulen zu holen war, die über der Kerzenzieherei genistet haben, neben der wir damals noch gewohnt haben.«

Dass man eine vorbeistreichende Schleiereule nicht hörte, war immerhin glaubhaft, dass Ardeija nicht wollte, dass irgendjemand mitbekam, wenn seine Mutter sich in der Gestalt in kühne Unternehmungen stürzte, ebenfalls, und dass in dem pfeilschnellen Federbündel, das Ivars Schulter vorhin fast gestreift hätte, in Wahrheit eine alte Barsakhanin mit großen Plänen gesteckt hatte, wohl auch, wenn er bedachte, mit wem er es hier zu tun hatte.

»Und sie meint nicht, dass es sehr übel ausgehen könnte, wenn sie als Eule einen Falken zu fangen versucht?«, erkundigte er sich also nur.

»Doch, aber übel für ihn«, warf Theodulf ein, und das war trotz aller Heiterkeit, die ihm vorher anzumerken gewesen war, tödlicher Ernst. »Ich hoffe, der Kerl ist vernünftig. Sie wird ihn schon herbringen. Es hätte ja nur nicht gleich jeder erfahren müssen.«

»Dann hätte sie wohl lieber die Hintertür nehmen sollen«, stellte Ivar fest. »Denn auch wenn ich eben nicht auf dem Hof gestanden hätte, hätte Sintram etwas gesehen.«

»Vielleicht nicht mehr, als dass mein Vater ins Freie gespäht hat«, sagte Rambert. »Auf alle Fälle hätte man ihm notfalls erzählen können, dass eine Eule sich verflogen hatte und wieder ins Freie musste, dir aber nicht.«

»Und die Übrigen waren ohnehin eingeweiht?«

»Dass Casta nichts geahnt hat, siehst du ja wohl«, sagte Rambert mit einer Kopfbewegung in Richtung der Magd, die sich immer noch nicht ganz wieder gefangen hatte. »Die anderen hier wussten immerhin überwiegend, wie es damals mit dem Ringeltaubenmantel war ... Und nun wirst du zu Recht enttäuscht und verletzt sein, dass wir dir über all die Jahre kein Wort davon gesagt und dich in dem Glauben gelassen haben, es sei bestenfalls eine gute Geschichte über ein altes Kleidungsstück und nicht mehr.«

Ivar horchte ein wenig in sich hinein und zuckte dann die Schultern. »Ich hätte es mir auch nicht gesagt«, gestand er, »jedenfalls nicht dem, der ich in Aquae Calicis war. Und selbst wenn ich verletzt sein sollte, wäre das doch nur ausgleichende Gerechtigkeit für eine viel schlimmere Kränkung in Gegenrichtung. Ich habe euch im Sommer erst einmal allen zugetraut, mich nur freigekauft zu haben, weil ein geübter Spion für das Hochgericht ganz nützlich sein könnte, und darüber hinaus nicht viel an mein Wohlergehen gedacht zu haben. Das von guten Freunden anzunehmen, ist viel beleidigender, als über einen Zaubermantel zu schweigen.«

»Oh, Ivar«, sagte Rambert und zog ihn in eine Umarmung, in der so viel Zuneigung, Trost und Verständnis lagen, dass Ivar gerade so warm und sanftmütig war, wie er überhaupt sein konnte, als draußen Gorm nach ihm brüllte und zugleich die Vordertür aufflog, um eine völlig durchnässte Adela einzulassen.

Die Kriegerin hielt geradewegs auf Herrad zu und neigte leicht den Kopf. »Den verhinderten Einbrecher haben wir«, meldete sie, »aber auch drei Plünderer, die sich an den Häusern, die wegen der Sturmflut verlassen waren, zu schaffen gemacht haben müssen und uns begegnet sind, als wir eigentlich den Kerl verfolgt haben ... Deshalb hat alles auch so lange gedauert. Wer genau die drei sind, findet der Hauptmann gerade heraus, aber den Mann, der hinter dem Stall herumgeschlichen ist, hat Gorm erkannt. Es ist jener Ziegen-Olaf, von dem er schon oft geredet hat, sagt er, und vermutlich war der dann ja auch einer von denen, die heute Morgen im ›Wilden Wasserweib‹ beobachtet worden sind.«

»Drei Plünderer?«, vergewisserte sich Herrad, und während sie und Adela sich über diesen Teil des nächtlichen Fangs austauschten, dachte Ivar bei sich, dass nicht schwer zu erraten war, was sich abgespielt haben musste: Entweder hatte Felix sicherheitshalber seinen Schwiegervater mitgenommen, damit er Wache stehen konnte, oder der alte Mann war dem Entflogenen aus eigenem Antrieb gefolgt, um ihn an Torheiten zu hindern, was gründlich schiefgegangen war.

Das alles aber verblasste gegen die Erkenntnis, dass der Olaf aus der Schenke am Hafen tatsächlich Ziegen-Olaf war, und es war kein Wunder, dass noch einmal Gorms Stimme von draußen ertönte: »Hörst du schlecht, Ivar?«

Gleich darauf stand er auch schon im Haus und wiederholte seinem Bruder aufgeregt den Olaf betreffenden Teil dessen, was Adela eben berichtet hatte.

»Das Beste ist, dass er jetzt nicht einfach fort kann«, schloss er zufrieden, »denn nachdem er unberechtigt auf ein fremdes Grundstück eingedrungen ist, kann unsere Richterin ja nun sehr gut Klage gegen ihn führen ... Dann bekommst du etwas zu tun, Rambert.« Er schenkte der jungen Frau ein breites Lächeln, als rechne er damit, dass sie angesichts dieser Aussicht hocherfreut sein würde. Wieder an Ivar gewandt setzte er hinzu: »Aber stell dir vor, erkannt hat er mich nicht. Er hat mit mir geredet wie mit einem beliebigen Hochgerichtskrieger und irgendeine alberne Ausrede erfunden, er sei auf der Suche nach einem im Sturm abhandengekommenen Jagdfalken gewesen. Na, ich habe ihm gesagt, dass wir sehr genau überprüfen werden, ob er entsprechende Jagdrechte unten am Rabenwald oder anderswo hat. Da hat er mich angesehen, als sei ihm aufgegangen, dass er sich besser etwas anderes hätte einfallen lassen, um seine Anwesenheit hier zu erklären … Doch, wie gesagt, erkannt hat er mich nicht.«

»Das mit dem Falken glaube ich ihm sogar«, murmelte Ivar und fand, dass Gorm viel von Olaf erwartete, wenn er ihn für fähig hielt, von einem Mann mittleren Alters mühelos auf den Jungen von elf Jahren zu schließen, als den er den älteren Sohn Eriks und der ersten Sigrid in Erinnerung haben musste.

In anderer Hinsicht traute sein Bruder dem Wiederaufgetauchten aus der Vergangenheit allerdings weniger zu, denn er vergewisserte sich kopfschüttelnd: »Du meinst allen Ernstes, dass der einen Falken hat? So reich sieht er nun wahrlich nicht aus – nicht heruntergekommen zwar, aber auch nicht wie einer, der es sich leisten kann, mit Greifvögeln auf die Jagd zu reiten. Ich sage dir, der hat sich mit dem Geld unseres Vaters die Heirat mit einer Hoferbin erkauft, und so viel, dass er solch einem Zeitvertreib nachgehen könnte, ist jetzt nicht mehr davon übrig.«

»Mag sein«, erwiderte Ivar, der sich ohnehin keine großen Hoffnungen auf eine Rückgewinnung ihres verschleuderten Erbes machte. »Aber hör her, das mit dem Falken ist so …«

Gorm machte große Augen, als er ihm gerafft wiedergab, was er von Rambert gehört hatte, und ihr ernstes Nicken zu allem verhinderte, dass aus dem Staunen irgendwann Gelächter wurde.

So aber sagte Gorm am Ende nur: »Na ... Dann ist das wohl, wie es ist. Man hat so etwas ja schon in alten Geschichten gehört. Aber auch, wenn er in dem Punkt die Wahrheit gesagt hat, darf er sich noch lange nicht ungefragt auf dem Grundstück einer Richterin herumtreiben, also kann sie immer noch Klage gegen ihn führen.«

»Das könnte ich tun«, bestätigte Herrad, die ihr Gespräch mit Adela beendet und die Kriegerin offensichtlich mit den nötigen Anweisungen wieder hinausgeschickt hatte, und trat auf die kleine Runde um Rambert zu. »Dann läuft es auf eine geringe Buße für ihn hinaus, und damit hat es sich, denn dass es sich äußerst schlecht machen würde, wenn ihr tut, worauf ihr brennt, und den Mann in einer hilflosen Lage für seine früheren Verfehlungen zur Rede stellt, muss ich doch wohl nicht erst erläutern? Folglich ist es besser, wenn ich darauf verzichte und ihr ihm vor aller Ohren sagt, dass er frei ist und gehen kann, bevor ihr euch mit ihm prügelt oder es noch schlimmer kommt.«

»Vorher?«, fragte Gorm sichtlich enttäuscht. »Aber das ist nicht klug; solange er glaubt, dass er in Schwierigkeiten ist, lässt er es sich doch vielleicht etwas kosten, da wieder herauszukommen.«

»Wir können uns nicht bestechen lassen, Gorm«, erklärte Ivar, und sein Bruder sah noch bedauernder drein, widersprach aber nicht, als Herrad bekräftigte, das ginge unter keinen Umständen.

»Und ansonsten gilt nach wie vor, dass verdammt nochmal eine gültige Kampfforderung ausgesprochen wird, bevor es zum Äußersten kommt«, setzte sie hinzu, und so, wie sie Gorm ansah, war damit zu rechnen, dass selbst er lieber auf sie hören würde, statt es darauf ankommen zu lassen, ihr erläutern zu müssen, warum er vorschnell zur Streitaxt gegriffen hatte.

»Wir denken daran«, versicherte Ivar, und Herrad ließ ihn wissen, das wolle sie hoffen, bevor sie sich an Rambert wandte und sie bat, in die Kanzlei mitzukommen, weil noch zu klären sei, ob der Fall der Plünderer eher das Hoch- oder das Niedergericht etwas angehe. Rambert nickte knapp, und dann winkten beide Richterinnen schon diejenigen ihrer Schreiber zu sich, die sich heute nicht mit unversehens wiederaufgetauchten alten Bekannten auseinanderzusetzen hatten.

»Nun müssen wir uns wohl zurückhalten, wie?«, fragte Gorm enttäuscht, als Stig, der die Nachhut der kleinen Schar bildete, schwer auf seine Krücke gestützt ins Freie gehinkt und die Tür hinter ihm zugefallen war. »Dabei hatte der Hauptmann mir so schön versprochen, dass wir uns mit Olaf befassen dürfen, ohne dass er uns allzu sehr auf die Finger sieht.«

»Das hat Ardeija nicht zu entscheiden«, rief Ivar ihm ins Gedächtnis und fragte sich im Stillen, ob sein alter Freund Gorm so bereitwillig entgegengekommen war, weil er ein schlechtes Gewissen für sein Schweigen über die Zaubermäntel hatte und hoffte, dass Ivar für eine Entschuldigung zugänglicher sein würde, wenn man ihm bei Ziegen-Olaf weitestgehend freie Hand ließ.

»Aber wenn wir schnell sind, solange die Richterinnen in der Kanzlei zu tun haben ...«, begann Gorm hoffnungsvoll, nur um schlagartig zu verstummen, auch wenn es sonst selten geschah, dass er sich von einem Flüstern unterbrechen ließ.

Das, mit dem Theodulf sich ins Gespräch einmischte, war allerdings ein ungewohnt entschiedenes. »Was ihr auch vorhabt, verderbt ihm da den Abend nicht«, forderte er, und sein

Blick huschte kurz zu Wulf hinüber, der sich am Küchentisch noch einmal in den Brief, der ihm auf so ungewöhnliche Art zugegangen war, versenkt hatte, auch wenn man bei ihm nie so recht wissen konnte, ob er nicht zugleich heimlich die Ohren spitzte.

Was allerdings in jedem Fall zutraf, war, dass Wulf es nicht gut aufnehmen würde, wenn sie den Schwiegervater eines Menschen, von dem er seinerzeit genug gehalten hatte, um ihm zur Flucht aus den Steinbrüchen zu verhelfen, übel zurichteten. Ob sie die Ruhe haben würden, ebendas zu tun, war aber auch in ganz anderer Hinsicht noch die Frage, denn wenn jener Felix erfuhr, dass Olaf von den Hochgerichtsleuten festgenommen worden war, würde er gewiss nicht friedlich hier in alten Zeiten schwelgen, sondern über den Hof kommen, kaum dass Asri ihn bei Wulf abgeliefert hatte, und der wiederum hatte es in der Tat nicht verdient, dass Unschönes etwas, das ihm eine Freude machte, überschattete, auch wenn Ivar nicht ausgerechnet von Theodulf erwartet hätte, feinfühlig genug zu sein, darauf zu achten.

»Das wollen wir gar nicht«, erklärte er also mit gesenkter Stimme. »Aber kann ich mich darauf verlassen, dass Felix uns da drüben nicht in die Quere kommt? Wenn du dafür sorgst, verspreche ich, dass Ziegen-Olaf leidlich heil bleibt.«

Gorm holte tief Luft, aber Theodulf nickte, und Ivar schob seinen Bruder zur Tür, bevor er sich beschweren konnte.

Das tat er folglich erst draußen, begonnen damit, dass er Ivar mit einem Stoß von sich beförderte und ihm erklärte, so viel habe er nicht zusichern dürfen, schon gar nicht gleich mit in seinem Namen.

»Wenn es dir nicht gefällt, denk verdammt nochmal daran, dass Mathilde vorhin Recht hatte«, gab Ivar, mit Müh und Not auf den Beinen geblieben, zurück. »Wir haben viel zu viel zu verlieren.«

»Einen möglichen Sohn habe ich jetzt ja wohl schon verloren«, sagte Gorm unmutig, hielt aber immerhin auf das Gerichtsgebäude zu, statt eine Prügelei vom Zaun zu brechen. »Denn wenn es ist, wie ich vermute, läuft da leider nur ein kleiner Wulf herum, der aus Dankbarkeit so genannt worden ist.«

»Das wird so sein«, räumte Ivar ein, »aber dessen Großvater ist Olaf, und zugleich der Schwiegervater des Freundes eines Freundes, also sollten wir ihn ganz lassen.«

»Die Schonung wird er aber nicht umsonst bekommen«, verkündete Gorm und stapfte noch ein wenig grimmiger auf den Lichtschein der Laterne über der Seitentür zu.

Der kurze Weg durch den Regen vorbei am Stumpf der gefällten Gerichtslinde, die sich trotz nach besten Kräften wiederhergestellter Gerechtigkeit hartnäckig weigerte, neu auszutreiben, war eigenartig, denn solch einem bedeutsamen Wiedersehen hätte doch mehr vorausgehen sollen, eingezogene Erkundigungen, ein langwieriges Ausspähen und genaue Pläne, nicht nur diese paar Schritte, um dann im Gerichtssaal auf der Bank neben der um diese Zeit schon verschlossenen und verriegelten Vordertür einen nassen alten Mann vorzufinden, der von Mathilde und Turnus bewacht wurde und den Neuankömmlingen eher fragend als wirklich besorgt entgegensah.

Ziegen-Olaf war noch recht jung gewesen, als er mit hochfliegenden Plänen in den Osten aufgebrochen war; jetzt dagegen war er ein gutes Stück über sein sechzigstes Jahr hinaus und schon zur Hälfte kahl, aber ansonsten einer, der sich über die Zeit erstaunlich wenig verändert hatte.

Die Gesichtszüge des Mannes, der Erik damals einen Winter lang immer wieder besucht und mit wohlgesetzten Worten Traumbilder von in fernen Ländern zu erwerbendem Reichtum gemalt hatte, waren unter allen Falten jedenfalls noch so, wie sie sich einst Ivars Gedächtnis eingeprägt hatten.

Allerdings war er nun nach austrasischer Mode gekleidet, wenn auch nicht nach der allerneuesten; die Tunika, in der er steckte, war dort, wo sein Umhang sie nur unzureichend geschützt hatte, nass geworden, und überdies auch schon ein paar Jahre alt, das sagte nicht nur der Schnitt, sondern auch der schon mehrfach ausgebesserte Saum. Ivar sah es, wie er solche Dinge eben meist zu sehen pflegte, ohne sich gezielt darum zu bemühen, und auch wenn er nicht mehr zu sagen vermocht hätte, was genau Olaf getragen hatte, als er ihn zuletzt getroffen hatte, war er sich einigermaßen sicher, dass ein geflicktes Kleidungsstück ihm auch schon in Lunde aufgefallen wäre, gerade, weil er noch ein kleiner Junge gewesen war, der oft genug zu hören bekommen hatte, dass man sich nur in neuen und guten Sachen zeigte, wenn man Handelsgeschäfte oder ein Bündnis abschließen wollte. Das hätte eigentlich auch für einen wohlhabenden Bauern gelten sollen, der in die Stadt fuhr, um sein Bauholz zu liefern, und wenn Olaf sich nicht gerade umgezogen hatte, bevor er durch Sturm und Regen seinem Schwiegersohn zum Haus der Richterin gefolgt war, dann wollte er wohl nicht wie ein Mann wirken, der eine Menge Geld, und sei es unterschlagenes, zur Verfügung hatte.

Länger verharrte Ivar nicht bei dieser ersten Beobachtung, und das nicht nur, weil ein Gespräch zu führen war; einen Herzschlag lang war er auch abgelenkt, weil Hunold, der über dem Kohlenbecken am Rande des Gerichtssaals Tee gekocht hatte, eben die volle Kanne in die Kanzlei trug und beim Aufschwingen der Tür überdeutlich wurde, dass es dort schon hoch herging.

Eine fremde Männerstimme, wohl die eines der gefangenen Plünderer, verkündete jedenfalls gerade überlaut: »... und ohne Anklage habt ihr gar kein Recht, mich festzuhalten!«

Dann fiel die Tür hinter dem jungen Krieger zu, aber Ivar musste auch nicht mehr hören, um zu wissen, dass Herrad und Rambert ihrem unzufriedenen Gast gleich in aller Bestimmtheit auseinandersetzen würden, dass diese Regel nicht galt, wenn jemand auf frischer Tat oder unmittelbar danach mit Beute beladen ergriffen worden war.

Er richtete den Blick wieder auf Olaf und sagte: »Du hast übrigens mehr Glück als der Kerl dort in der Kanzlei. Frau Herrad hat entschieden, keine Klage gegen dich zu führen. Es steht dir also frei zu gehen, wenn du willst. Allerdings haben wir dir noch etwas zu sagen.«

»Ja«, erwiderte Olaf, immer noch viel zu gelassen, »das hat mir die Richterin eben schon selbst gesagt, als sie vorbeigekommen ist, und auch, dass noch Leute aus ihrem Gefolge in eigener Sache mit mir reden wollen.«

»Die wollte wohl wirklich sichergehen«, stellte Gorm fest, eher beeindruckt von Herrads Gründlichkeit als sonderlich gekränkt, dass sie ihnen in diesem Punkt nicht vertraut hatte.

Olaf schien sich über die Bemerkung nicht so sehr zu wundern, wie er es hätte tun sollen. »Worum geht es denn nun? Ich habe ja schon sie hier gefragt.« Er nickte zu Mathilde hinüber. »Aber die sagt nur, es stünde ihr nicht zu, mir darüber Aufschluss zu geben.«

»Das hättest du aber ruhig tun können, schließlich gehörst du auch zur Familie«, sagte Gorm an Mathilde gewandt, die nur weiter betont ernst und unbewegt dreinsah, was immer ein Zeichen war, dass sich unter der Oberfläche einiges abspielte; Ivar bedauerte sehr, keine Gelegenheit gehabt zu haben, sich unter vier Augen mit ihr zu beraten, bevor diese Unterhaltung hier begonnen hatte.

»Zu welcher Familie?«, erkundigte sich Olaf und runzelte nun doch ein wenig die Stirn, auch wenn er immer noch längst nicht so beklommen wirkte, wie es seiner Lage angemessen gewesen wäre.

»Du erkennst uns wirklich nicht, wie?«, fragte Gorm, und jetzt hätte seine Stimme durchaus etwas verraten können, denn es gab Augenblicke, in denen er fast wie Erik klang, und das hier war einer davon.

Ohnehin rechnete Ivar damit, dass Olaf, wenn er ein gutes Gedächtnis hatte, noch am ehesten Gorm wiedererkennen würde, nicht nur, weil er der ältere war und man sich bei Ivar sicher noch mehr Kindliches wegdenken musste, um von dem kleinen Jungen von damals zu seinem heutigen Selbst zu gelangen. Viel entscheidender war, dass Leute, die ihm nur einen flüchtigen Blick gönnten, ihn sein Leben lang selten bemerkenswert genug gefunden hatten, um ihn länger in Erinnerung zu behalten.

Wenn überhaupt etwas an ihm nach allgemeinem Dafürhalten unverwechselbar war, dann seine Augen, die angeblich nicht auf angenehme Art auffielen, wenn er etwas aufmerksam betrachtete. Seit er sie im Gesicht seiner Tochter gespiegelt fand, konnte er noch weniger als zuvor nachvollziehen, was an ihnen so verstörend sein sollte, denn Sigrid war unendlich niedlich, wenn sie sich etwas genau anschaute, und wenn ihr Blick liebevoll wurde oder vor Freude strahlte, war ihr Vater ohnehin rettungslos verloren. Mathilde allerdings hatte nie gesagt, dass an seinen Augen etwas nicht war, wie es sein sollte, und wandte hartnäckig die Bezeichnung »meerblau« auf sie an, die immerhin schön klang, auch wenn die See hier oben häufiger Grau oder Grün sein mochte. Vielleicht war seine Frau also die Einzige, die je wirklich gut genug hingesehen hatte.

Doch das tat nun wohl auch Olaf, denn es war Ivar, den er musterte, als er schließlich fragte: »Ihr seid die Jungen vom Hasenhof, nicht wahr? Die Söhne von Sigrid und Erik.«

»Du sagst es«, bestätigte Gorm. »Nun begreifst du ja wohl, dass wir reden sollten.«

Olaf schloss kurz die Augen und war mit einem Schlag so grau im Gesicht, dass Ivar sich fragte, ob es ihnen ungewollt gelungen war, ihn zu Tode zu erschrecken. Das hätte, wenn überhaupt, erst später kommen sollen. Da es sich aber vermutlich nicht gehört hätte, einfach abzuwarten, ob und wie schnell Olaf von der Bank fallen würde, beeilte er sich, in die Kanzlei hinüberzukommen und etwas von dem Tee, den Hunold eben hingebracht hatte, für den alten Mann zu holen. Da der Plünderer inzwischen kein bisschen ruhiger geworden war, sondern sich in beneidenswert wüsten Beschimpfungen erging, stand die Kanne noch voll und unbeachtet bereit, und Ivar konnte sich bedienen und wieder hinausschlüpfen, ohne lange Erklärungen abgeben zu müssen.

Als er, die Teeschale in der Hand, zurückkehrte, saß Olaf weiterhin aufrecht, aber totenbleich da.

»Verdient hat er das nicht«, bemerkte Gorm, die Arme verschränkt, aber er schritt nicht ein, als Ivar Olaf den Tee reichte.

»Nein«, bestätigte Ivar, »aber wenn er umfällt, wird es mit dem Reden nichts.«

»Nun sei nicht albern, ich falle schon nicht um«, stieß Olaf hervor, doch die Mühe, die ihn das Sprechen kostete, und die Tatsache, dass er versuchsweise gleich an dem Tee nippte, zeigten überdeutlich, dass er die Stärkung nötig hatte.

»Sehr schön«, gab Gorm zurück und trat mit bedrohlicher Gemächlichkeit einen Schritt näher. »Dann kannst du uns ja jetzt erzählen, wie du dazu gekommen bist, das Geld unseres Vaters einzustecken und dich davon hier unten in einen Hof einzukaufen.«

Olafs Augen wurden groß. »Das glaubt ihr?«, fragte er und klang aufrichtig entsetzt.

»Ja«, beschied ihn Gorm und kam, die Hand am Schwertgriff, behaglich noch einen zweiten Schritt auf ihn zu. »Und auch, dass du schon viel zu lange damit durchgekommen bist.«

Der alte Mann zuckte nicht zurück, aber er schüttelte sehr nachdrücklich den Kopf. »So war das nicht … So war das wirklich nicht.«

Das hätte wohl jeder an seiner Stelle gesagt, der auch nur ein wenig Verstand hatte; das Schlimme war, dass Ivar nicht den Eindruck hatte, dass er log, und sein Gespür für solche Dinge trog nur in den seltensten Fällen, genauer gesagt fast nur bei Gorm, dem er nie ansehen konnte, ob er gerade die Wahrheit sagte.

Bei den allermeisten Leuten, die nicht sein anstrengender großer Bruder waren, konnte er sich hingegen auf seine Einschätzung verlassen, das lehrte jahrelange Erfahrung in einem Handwerk, in dem es über Leben und Tod entscheiden konnte, das rechte Gleichgewicht zwischen Vertrauen und Argwohn zu wahren.

»Und wie war es dann?«, fragte er rasch, bevor Gorm, der schon tief Luft geholt hatte, mit zornigen Worten alles in einen

Streit ausarten lassen konnte, in dem sie vielleicht alle Wut austoben, aber herzlich wenig erfahren würden.

Sie sahen ihn beide an, sein Bruder und Olaf, Letzterer mit vorsichtiger Hoffnung, weil eine Frage immer noch besser war als eine Faust, Gorm dagegen seltsam nachdenklich, um dann unmerklich zu nicken, und allein diese seine ungewohnte Bereitschaft, Ivars Sicht der Dinge gelten zu lassen, war die ganze bisherige Aufregung des Abends schon wert.

Olaf traute dem Frieden wohl noch nicht recht, denn er musste erst einen weiteren Schluck Tee trinken, bevor er leise antwortete: »Ich hatte Pech.«

»So viel Pech, dass du nun auf einem schönen Hof unten am Rabenwald sitzt und Holz an Schiffbauer verkaufen kannst?«, fragte Ivar nicht ohne Spott.

Olaf sah ihn hilflos an. »Das ist Adalbergas Hof, nicht meiner; ich bin nur ihr Mann.«

»Den sie so einfach genommen hat, ohne dass er etwas mit in die Ehe gebracht hätte, wie?«, gab Gorm zurück.

»Manche Leute tun so etwas eben, das müsstet ihr doch besser als die meisten wissen«, hielt Olaf wacker dagegen, aber obwohl Gorm und Ivar das in der Tat beide wussten, da Erik eben auch seine Sigrid geheiratet hatte, ohne von ihr viel Gut und Geld erwarten zu dürfen, war nun, anders als vorher, zu spüren, dass das nicht die ganze Wahrheit war. Hier versteckte sich eine Geschichte, und es war vermutlich nicht nur die einer alles überstrahlenden Liebe, die sämtliche Nützlichkeitserwägungen unwichtig gemacht hatte.

»Gut«, sagte Mathilde, die nun wirklich einschätzen konnte, unter welchen Umständen man einen vollkommen unpassenden Mann heiratete, »aber wenn du Erik nicht angelogen hast, als du behauptet hast, von Lunde aus nach Osten auf Handelsfahrt gehen zu wollen, muss ja irgendetwas dazu geführt haben, dass du nicht wieder dort gelandet bist, sondern hier. Es sei denn, du hast sehr wohl gelogen?«

»Nein«, beteuerte Olaf und musterte sie beklommen, als wäre ihm gar nicht bewusst gewesen, dass seine bisher wenig auskunftsfreudige Bewacherin so viel am Stück sagen konnte, und dann auch noch mit reichlich Stahl in der Stimme. »Die ‚Aslaug' ist gesunken, so war das.«

Die „Aslaug" war Olafs Schiff gewesen, und wenn Ivar zurückdachte, konnte er noch vor sich sehen, wie sie an einem schönen Frühlingstag, beladen mit Wünschen und Leichtsinn, auf den Sund hinausgeglitten war.

»Ohne dich, wie es scheint«, bemerkte Gorm, und Olaf senkte den Kopf. »Wie soll das zugegangen sein? Oder willst du uns erzählen, dass du heldenhaft an Land geschwommen bist, nachdem dein Schiff untergegangen war?«

Olaf winkte ärgerlich ab, sagte aber nur: »Vielleicht hätte ich mir gleich denken sollen, dass es bei dem Namen kein gutes Ende nehmen würde, aber im Voraus ahnt man das doch nie.«

»Weil es ein Menschenname war?«, fragte Gorm, denn dass Ziegen-Olaf sein Schiff wie eine alte Heldin genannt hatte, war von manch einem verwundert zur Kenntnis genommen worden; das mochten die Leute ja mit Hunden oder Waffen tun, gemeinhin aber nicht mit Schiffen.

»Nein.« Wenn vorher schon Unbehagen in Olafs Blick gelegen hatte, stahl sich nun echter Schmerz hinein. »Weil die Aslaug, nach der das Schiff hieß, doch auch kein Glück hatte ... Es dachten immer alle, es wäre die Aslaug aus den Liedern und Geschichten gemeint, aber ich habe es nach meiner Schwester benannt.«

»Ich dachte, die heißt Herja?«, fragte Gorm schon, bevor Ivar ihm auf den Fuß treten konnte, um ihn daran zu erinnern, dass viele Leute mehr als nur ein einziges Geschwisterkind hatten, auch wenn sie beide einander völlig ausreichten und ein drittes Gesicht in ihrer Runde wahrscheinlich mehr gewesen wäre, als sie auf die Dauer verkraftet hätten.

»Die, die noch lebt, ja.« Olafs Miene war zum Erbarmen. »Das mit Aslaug war lange vor eurer Zeit, aber sie war die Älteste von uns dreien, und wenn sie noch gekonnt hätte, dann hätte sie gewiss meine Handelsfahrt mitgemacht. Sie hat sich immer viel zugetraut, und mir auch. Als Kinder haben wir oft geträumt und geredet von alledem, was wir als Erwachsene tun würden ... Nur Herja nicht, die war ja immer die Vernünftigste. Jedenfalls musste das Schiff deshalb nach Aslaug heißen, damit sie doch noch mitfahren konnte, irgendwie.« Kurz leuchteten seine Augen, als seien die guten Erinnerungen gerade stärker als alle Trauer, aber die kehrte mit Macht zurück, als er fortfuhr: »Ich hätte mir sagen sollen, dass das kein Glück bringen würde, denn Aslaug hatte ja auch keins. Sie ist keine fünfzehn Jahre alt geworden. In dem Winter ist ein böses Fieber umgegangen, das hat nicht nur unseren Großvater geholt, sondern auch sie.« Mit einem Mal zog er die Nase hoch, bezwang sich aber gerade noch, bevor er in Tränen ausbrechen konnte.

»Das tut mir leid, für Aslaug wie für dich«, sagte Mathilde um einiges sanfter, als sie eben noch gesprochen hatte, ging dann aber doch unerbittlich daran, die Unterredung auf ihren eigentlichen Gegenstand zurückzulenken. »Doch auch wenn das Schiff, das du nach ihr benannt hast, untergegangen ist, bist du davongekommen.«

»Ich war ja auch nicht an Bord, als das geschehen ist«,

gestand Olaf und klang so verlegen, dass Ivar sich abermals dabei ertappte, ihm zu glauben.

Ein Bellen von Turnus verschaffte ihnen allen eine Atempause, denn eben war die Kanzleitür aufgeschwungen, und der immer noch laut fluchende Plünderer, der sich nur widerstrebend von Ardeija und Hartwin durch den Gerichtssaal in die Zelle beim Stall führen ließ, erschien dem Hund wohl als Bedrohung.

Ivar griff sicherheitshalber nach Turnus' Halsband und redete beruhigend auf ihn ein, bis die Aufregung sich legte.

Im Hinausgehen warf Ardeija einen Blick zurück, und Ivar meinte, darin gehörige Besorgnis zu lesen, ob zwischen ihnen noch alles zum Besten stand, aber sie hatten jetzt beide keine Zeit, darüber zu reden, und Ziegen-Olaf sprach schon weiter, bevor der Hauptmann und der Krieger mit dem zweiten Plünderer, der kleinlauter als der erste wirkte, wieder hereinkamen und in der Kanzlei verschwanden.

»Es ist auf der Rückfahrt geschehen, und wenn ich das alles hätte verhindern können, hätte ich es getan, aber dafür war es dann zu spät, und das war wirklich mein Fehler ... Zumindest halb.«

»Halb?«, wiederholte Ivar, auch wenn er den Eindruck hatte, dass sie mittlerweile verdammt weit fort von Eriks Geld und dessen Verbleib und dafür tief in Olafs Leben mit all seinen Widrigkeiten und Härten waren.

»Wenn man schon Fehler macht, dann doch wohl ganze«, setzte Gorm hinzu, ohne dass zu entscheiden gewesen wäre, ob darin mehr an Olaf gerichteter Spott oder ungewohnt weise Selbsterkenntnis mitschwang.

Statt zornig aufzufahren, ließ der alte Mann nur verschämt den Kopf hängen, und als er weitersprach, klang er, als wäre ihm die Sache wirklich unangenehm. »Gut, vielleicht auch ganz, denn es wäre wohl nicht so gekommen, wenn ich Tord gar nicht erst mitgenommen hätte. Erinnert ihr euch noch an Tord?«

Ivar war versucht, darauf mit einem neuerlichen »Halb« zu antworten, denn viel mehr als ein vages Bild eines blonden, breitschultrigen Kerls, der auch ein wenig von seinem Besitz in die „Aslaug" gesteckt hatte, wenn auch nicht so viel wie Erik, hatte er nicht vor Augen. Doch das wäre wohl ein Scherz zu viel gewesen, und so nickte er nur knapp und wartete ab, welchen Anteil am Scheitern der Fahrt Olaf Tord zuschreiben würde.

Sein Groll war anscheinend noch erheblich, denn er sagte bitter: »Wenn ich klüger gewesen wäre, hätte ich früher geahnt, dass das kein gutes Ende nehmen würde. Wir waren noch nicht aus dem Sund hinaus, als wir uns zum ersten Mal gestritten haben, weil er ja meinte, dass wir ... Ach, es ist auch gleich! Jedenfalls waren wir uns oft uneinig, schon auf dem Hinweg und erst recht auf der Rückfahrt, obwohl er doch mit seinem kleinen Anteil am Schiff gar nichts zu befehlen hatte. Dass ich ihn daran mehrfach erinnert habe, hat ihm allerdings noch weniger gefallen, und so war es verflucht anstrengend mit ihm, auch wenn der Sommer dafür, dass wir uns ständig in den Haaren gelegen haben, durchaus schlechter hätte verlaufen können. Erik wäre zufrieden mit dem gewesen, was ich mitgebracht hätte, wenn wir heil nach Lunde gekommen wären, das müsst ihr mir glauben.«

Er sah sie so bittend an, als wäre das, was hätte sein können, mindestens so wichtig wie das, was dann tatsächlich geschehen war.

»Müssen wir?«, fragte Gorm, und Olaf seufzte, als habe er nicht mit viel Besserem gerechnet.

»Die Stimmung zwischen uns war jedenfalls schon angespannt, als wir dann in dieser Bucht im Obotritenland unterhalb der kleinen Burg haltgemacht haben«, fuhr er fort, ohne noch einmal zu beteuern, wie erfolgreich seine Fahrt bis dahin verlaufen war. »Na ja, was heißt klein ... Groß genug, dass die Leute da sich einen Landesteg für Schiffe wie unseres geleistet haben, war sie immerhin.«

Aus alter Gewohnheit war Ivar nahe daran, nach genaueren Angaben zu fragen, dem Namen der Burg und ihrer Besitzer sowie ihrer Lage, bevor er sich sagte, dass er hier erstens kein richtiges Verhör führte und zweitens jede dieser Einzelheiten vermutlich einigermaßen unwichtig war.

Gorm kam es ohnehin auf etwas anderes an. »Ihr wolltet über Nacht dort anlegen?«

»Auch.« Olaf nickte nur leicht. »Es war verdammt früh dafür, deshalb hat es Tord auch schlecht gefallen. Er wollte nicht einsehen, dass das Wetter umschlug, aber ein Sturm zog auf, das habe ich ihm auch gesagt ... Und er hat gelacht darüber, nicht als Einziger übrigens. Das hätte mich vielleicht stutzig machen sollen, aber ich war nur froh, dass wir einen leidlich geschützten Platz gefunden hatten ... Na, und dann kam Drasko.«

Er sprach den Namen in einem Ton aus, als hätten sie alle wissen sollen, um wen es sich handelte, sah aber wohl beim nächsten Atemzug schon selbst ein, dass niemand hier verstand, von wem die Rede war, denn er fuhr eilig fort: »Besser gesagt, da kamen zwei Krieger von der Burg, denn dass einer von beiden Drasko war, wusste ich da ja noch nicht. Das hat er aber schnell geändert, denn das Reden hat er übernommen, weil er unsere Sprache gut beherrschte, hat sich vorgestellt und war gleich ganz eifrig ... Denn für ihn war es keine Verhandlung, unter welchen Bedingungen sie uns für die Dauer des Sturms an ihrem Landesteg dulden würden, sondern eher ein Versuch, uns zu überreden, auf die Burg zu kommen und alles, was wir an Waren dabeihatten, dort feilzubieten. Für uns wäre das nicht von Vorteil gewesen, selbst wenn wir darauf hätten vertrauen können, dass sie es uns nicht einfach abnehmen würden. Wir hatten Pelze mitgebracht, wisst ihr, und nur das Beste von dem, was über die Flüsse des Ostens nach Norden an die Küste kommt, so schöne Seidenstoffe, wie ihr sie noch nie gesehen habt, und Wunderdinge aus der Steppe, Schmuck und sogar ein Paar von diesen Stiefeln mit bestickten Sohlen, wie die reichen Barsakhanen sie haben, nur um sie in ihren Zelten herzuzeigen ...«

Kurz glänzten seine Augen, und der alte Olaf, der Pracht und Herrlichkeit so überzeugend zu schildern verstand, dass man selbst Lust bekam, gegen alle Vernunft viel darum zu geben, vielleicht daran teilhaben zu können, war zurück; dann aber wurde seine Miene bekümmert, und das wahrscheinlich nicht, weil er ahnte, dass Ivar, der den Inhalt von Placidia Justas Kleidertruhen kannte, ihm keinen Augenblick lang glaubte, noch keine vergleichbare Seide zu Gesicht bekommen zu haben.

»Jedenfalls wäre das alles zu Hause noch mehr wert gewesen als unterwegs, und die erlesensten Stücke schon vorab zu verschleudern, hätte sich nun wirklich nicht gelohnt, da waren Tord und ich uns sogar einmal einig. Doch wir hätten uns wohl darauf einlassen sollen, dann wäre noch alles gut ausgegangen ... Hinterher ist man immer klüger, nicht wahr? Wir wollten also nicht, aber Drasko war unser Angebot, er könne sich auf dem Schiff ein paar Proben unserer Waren ansehen, nicht genug. Er hat uns irgendetwas von Recht und überkommenen Bräuchen da in der Gegend erzählt, wortreich und ungemein hartnäckig, während über uns die Wolken immer dichter wurden. Als er dann gar drohte, er könnte auch mehr Krieger von der Burg kommen lassen, um uns zu überzeugen, war meine Geduld erschöpft, und da habe ich ihn vom Landesteg ins Wasser geworfen. Konnte ich denn wissen, dass der Kerl nicht schwimmen konnte?«

»Oh«, sagte Gorm, dem eine ähnliche Handlungsweise durchaus zuzutrauen gewesen wäre.

»Ja«, bestätigte Olaf trostlos. »Der andere hat ihn verloren gegeben und ist zur Burg zurückgerannt, so schnell er konnte, während Tord mich schon am Arm gepackt hat, um mir zu sagen, nun müssten wir aber machen, dass wir wegkommen ... Aber Drasko ist gesunken wie ein Stein, und als ich gemerkt habe, was da vorging, bin ich hinterhergesprungen. Kaum dass ich in den Wellen war, habe ich mich allerdings gefragt, ob das jetzt ein glücklicher Gedanke gewesen war oder nur sehr dumm. Denn das verdammte Wasser war kälter, als ich je gedacht hätte, aber der Sommer war ja auch vorbei.«

So, wie er klang, war noch einiges mehr vorbei gewesen, doch wenn Mathilde großes Mitgefühl mit ihm hatte, klang es nicht durch, als sie bemerkte: »Irgendwie musst du aber wieder an Land gekommen sein.«

Olaf zuckte die Schultern. »Das kam später. Erst einmal habe ich Drasko zurück an die Oberfläche geholt, obwohl er alles falsch gemacht hat, was er nur falsch machen konnte, und sich angeklammert hat wie ein verängstigtes Kind ... Fragt mich nicht, wie es mir dennoch gelungen ist, wieder hochzukommen, heute hätte ich die Kraft nicht mehr, fürchte ich. Aber dann waren wir oben, und wir hatten kaum Luft geholt, als wir dann doch noch fast ersoffen wären, und zwar in der Kielwelle der ,Aslaug'.«

»Oh«, sagte Gorm ein zweites Mal.

Olaf nickte grimmig. »Dieser Dreckskerl Tord muss die anderen überzeugt haben, abzulegen, ihn habe ich jedenfalls noch am Steuerruder stehen sehen, bevor Drasko und ich dann wieder unter Wasser geraten sind und alles noch einmal sehr unschön wurde ... Und der verdammte Steg war zu hoch, um aus dem Meer mühelos darauf zu klettern, also musste ich uns bis ans Ufer bringen, obwohl das Wetter und der Seegang nicht gerade besser wurden, und das war ein ganzes Stück. Aber wir sind angekommen, und zwar beide lebend, wenn auch sehr kläglich. Einen Augenblick lagen wir nur nass und kalt da, während mein Schiff immer kleiner wurde, und das Erste, was Drasko sagte, als er wieder Luft bekam, war: ›Sind die gerade ohne dich abgefahren?‹ Das hätte er ja nun nicht eigens feststellen müssen, finde ich, und zu dem Zeitpunkt kamen dann auch schon die Leute, die sein Kumpan von der Burg geholt hatte, und ich dachte, jetzt würden sie mich umbringen.«

»Das scheint ihnen nicht gelungen zu sein«, bemerkte Mathilde, immer noch in standhafter Weigerung, sich von der Geschichte packen zu lassen, und Olaf warf ihr einen finsteren Blick zu.

»Sie haben es gar nicht erst versucht«, gestand er, »und zwar, weil Drasko behauptet hat, irgendeiner der Fremden vom Schiff hätte ihn ins Meer gestoßen und ich wäre dafür, dass ich ihn gerettet hätte, von meinen vermeintlichen Freunden im Stich gelassen worden. Was er seinen Leuten da erzählt hat, habe ich natürlich nicht verstanden, sondern nur gesehen, dass er dem anderen Krieger, der vorher auch schon am Steg gewesen war, einen sehr ernsten Blick zugeworfen hat, und der hat ihm nicht widersprochen. Das hätte er wohl auch nie gewagt, denn Drasko war der Sohn der Burgherrin dort, auch wenn ich das erst später erfahren habe. Also war ich auf einmal der

Gute und nicht schuld an dem ganzen Elend, sondern einer, den man sehr dafür bedauern musste, so schlechte Gefährten zu haben … Und dafür habe ich mir auch selbst leidgetan, als ich wieder klar denken konnte, also ungefähr drei Tage später.«

»Drei Tage?«, wiederholte Ivar, denn auch wenn man alle durchlittenen Schrecken einberechnete, klang das nach einer reichlich langen Zeitspanne, um sich wieder zu fangen.

»Ja.« Olaf schien nicht zu lügen. »Denn als sie mich auf die Burg gebracht haben, während schon der Sturm losbrach, habe ich nur noch gezittert, und das nicht vor Angst. Ob es nun an dem kalten Wasser lag, an der Aufregung oder vielleicht auch daran, dass sich bei mir schon in den Tagen zuvor eine Erkältung geregt hatte, ich habe jedenfalls noch am selben Abend übles Fieber bekommen, und dann ging es mir zu schlecht, um viel zu grübeln. Das Nächste von Bedeutung war, dass Drasko mir, als ich aus dem Gröbsten heraus war, sagte, ich hätte Glück gehabt, nicht mit den anderen abgefahren zu sein, denn noch in der Sturmnacht sei ein Fischer, der sich mit dem Wetter verschätzt habe und gerade noch in Sicherheit gelangt sei, zur Burg gekommen, um zu erzählen, weit draußen vor der Bucht habe er ein großes Handelsschiff sinken sehen.

Inzwischen waren auch Wrackteile angetrieben worden, und auch wenn die zu jedem Schiff hätten gehören können, als dann die Stuhlbeine dabei waren, war ich mir sicher, dass es die ‚Aslaug‘ gewesen sein musste … Tord hatte sich da draußen im Osten einen prächtig geschnitzten Stuhl gekauft, müsst ihr wissen, einen, der eigentlich noch für einen Häuptling zu gut gewesen wäre, und ihn auseinandergenommen, um ihn für den Heimweg zu verstauen.

Auf das Ding war er so stolz, dass er nie freiwillig auch nur ein Bein davon über Bord geworfen hätte, um mir vorzumachen, das Schiff wäre untergegangen, wenn er denn überhaupt Anlass gehabt hätte, zu glauben, ich wäre noch am Leben und nicht entweder ertrunken oder von Draskos Freunden erschlagen. Da wusste ich jedenfalls dann, dass keine Hoffnung mehr für mein Schiff bestand, und noch weniger darauf, irgendetwas von der Fracht zurückzubekommen oder Tord die Zähne einzuschlagen. Das heißt – das hätte ich wohl tun können, der ist ein paar Tage darauf ein Stück weiter westlich an den Strand gespült worden, aber da war er schon tot, also hätte es nicht mehr viel genützt.«

»Schade«, bemerkte Gorm. »Das hätte er ja nun wirklich verdient gehabt.«

»Und er hatte nicht mal mehr seine feine Goldkette«, fuhr Olaf, vielleicht ermuntert durch das ungeahnte Verständnis, fort, »sonst hätte ich ja wenigstens die nehmen können. So aber hatte ich nichts mehr … Oder doch nicht ganz nichts, denn sie haben mir einen sehr guten Mantel geschenkt, weil meiner auf der ‚Aslaug‘ geblieben war und Drasko mir so dankbar war, dass ich ihn aus dem Wasser gezogen hatte. Das war mir fast unangenehm. ›Du wärst gar nicht darin gewesen, wenn ich dich nicht hineingeworfen hätte‹, habe ich ihm gesagt, als wir einmal unter uns waren, und er darauf nur: ›Ja, gut, aber du hast mich eben auch wieder herausgeholt, und das hätte kaum einer getan.‹ Gefroren habe ich also zumindest nicht, als ich mich dann auf den Weg nach Castra Nova gemacht habe.«

»Warum dorthin und nicht nach Lunde?«, fragte Ivar, obwohl er es sich sehr gut denken konnte.

Olaf nahm es ihm sichtlich übel, dass er es ihm nicht ersparte, es laut auszusprechen. »Ich habe mich so geschämt«, bekannte er nach einem Augenblick des stummen Zögerns, in dem er noch gehofft haben mochte, dass Ivar mitfühlend genug sein würde, seine Frage zurückzunehmen. »Ich hatte nichts mehr, kein Schiff, kein Geld und nicht einmal einen, den ich noch dafür zur Verantwortung ziehen konnte, dass er die günstige Gelegenheit genutzt und mir alles abgenommen hatte ... Wie hätte ich das eurem Vater denn erklären sollen? Besser, der glaubt, ich bin mit ertrunken, dachte ich.«

Ivar zog es vor, sich dazu nicht zu äußern. »Und Castra Nova musste es sein, weil deine Schwester Herja auch hier ist.«

Es schien Olaf nicht einmal sonderlich zu erstaunen, dass sie darüber unterrichtet waren; er betrachtete seine eigenen Füße und räumte ein, das sei mit ein Grund gewesen. »Ich wusste, dass sie mich nicht verraten würde; ich hatte ja auch ihr Geheimnis gut bewahrt und es keinem oben in Lunde erzählt.«

»*Die* hatte ein Geheimnis oder hat gar noch eines?«, fragte Gorm verblüfft, und Ivar ahnte, dass auch sein Bruder Olafs Schwester nur als eine äußerlich unauffällige, niemals mit irgendwelchen Großtaten aufgefallene Frau in Erinnerung behalten hatte.

»Hier nicht, und inzwischen ist es ohnehin gleich«, sagte Olaf, »aber in Lunde sollte es damals niemand wissen, für den Fall, dass sie doch noch hätte zurückkehren müssen ... Ihr wisst doch, dass sie damals mit Kaufleuten von hier unten mitgegangen ist? Das war nicht, weil die eine Helferin oder zusätzliche Wache für den Weg nach Süden gebrauchen konnten, wie sie allen erzählt hat, sondern weil sie so verliebt in Markolf war. Der war in der Werkstatt seines Vaters Glasperlenmacher und sollte sich einen Sommer lang den Wind um die Nase wehen lassen, also ist er mit dem Bruder seiner Mutter, der einer der

Händler war, nach Norden gereist … Ja, und neun Jahre jünger als Herja war er eben auch, aber die beiden haben sich angesehen und wussten gleich, dass sie die Richtigen füreinander waren. Doch die Leute hätten sich entsetzlich das Maul zerrissen, so ein Altersunterschied wird oft übel aufgenommen.«

»Es spricht doch nichts dagegen, sich einen jüngeren Mann zu nehmen«, warf Mathilde belustigt ein und schenkte Ivar ein rasches Lächeln. »Ich habe die besten Erfahrungen damit gemacht.«

Olafs Blick ging zwischen ihnen beiden hin und her, aber vermutlich würde es ihm niemals gelingen, zutreffend zu schätzen, dass Mathilde Ivar knapp eine Woche voraus hatte. Er war genau zur Herbsttagundnachtgleiche geboren, Mathilde sechs Tage davor, aber im selben Jahr. Noch lustiger wäre es natürlich gewesen, wenn es ihnen gelungen wäre, sich in der Mitte zu treffen, aber Mathilde hatte es wohl schon im Mutterleib ein wenig an Geduld gefehlt, und für Ivar war es noch nicht ganz Zeit gewesen. So mussten sie sich nun eben damit begnügen, nur fast gleich alt zu sein, und heute ertappte Ivar sich dabei, sehr froh zu sein, dass es den kleinen Abstand zwischen ihnen gab, denn Olafs fruchtloses Nachdenken war sehr vergnüglich zu beobachten.

Die Kanzleitür schwang wieder auf, aber da der zweite Gefangene sich auf dem Weg nach draußen ruhig verhielt, hob Turnus diesmal nur kurz aufmerksam den Kopf, geriet aber nicht in Aufregung.

»Jedenfalls bin ich so hierhergekommen«, sagte Olaf, nachdem Ardeija und Hartwin mit dem Plünderer im Freien verschwunden waren, und hielt es wohl für klüger, nicht auf Mathildes Bemerkung einzugehen.

»*Wie* du hergekommen bist, wissen wir gar nicht«, entgegnete Gorm, »denn von der Burg, auf der du da warst, muss es bis hierher doch noch eine beträchtliche Strecke gewesen sein.«

»Da sagst du etwas.« Olaf nahm ihm den Einwand offenbar nicht sonderlich übel. »Ich habe Drasko damals gefragt, was er meinte, wie lange man von seinen Leuten quer durch Sachsland bis über die Grenze hierher wandern müsste. Zehn, zwölf Tage vielleicht, wenn das Wetter nicht zu furchtbar wird, hat er gemeint. Und wie lange habe ich gebraucht? Drei Wochen. Gut, ich hätte es etwas schneller haben können … Zu Anfang bin ich immer an der Küste entlanggegangen, und am zweiten Tag war ich in einem Hafen, in dem ein Schiff vor Anker lag, auf dem einer aus Heiðabýr mitgefahren ist, den ich kannte. Wahrscheinlich hätte ich ihn bitten können, mich ein Stück weit nach Westen mitzunehmen, aber wie gesagt … Ich habe mich geschämt. Da habe ich nur kurz mit ihm geredet und so getan, als hätte ich dort in der Gegend noch zu tun.«

Ivar und Gorm tauschten einen Blick, denn das erklärte immerhin, wie das Gerücht, Olaf führe ein feines Leben irgendwo im Osten, nach Heiðabýr und damit auch zu einer noch sehr jungen Snotra hatte dringen können.

Ardeija und Hartwin führten unterdessen den dritten Plünderer herein, der friedlicher als der erste, aber weniger niedergeschlagen als der zweite wirkte und nicht so sehr mit seinem eigenen Pech beschäftigt war, dass er darauf verzichtet hätte, einen neugierigen Blick auf ihre kleine Runde zu werfen, bevor die Kanzleitür hinter ihm und den beiden Kriegern zufiel.

»Und von der abenteuerlichen Geschichte war diese Adalberga dann so beeindruckt, dass sie dich ohne langes Nachdenken genommen hat?«, fragte Gorm, als die Unterbrechung vorüber war.

Olaf verschränkte die Arme. »Das geht euch nun wirklich nichts an.«

»Doch«, entgegnete Ivar sanft. »Zumindest, wenn wir dir glauben sollen, dass du nicht doch Tords schöne Goldkette oder einen eigenen Vorrat an Hacksilber mitgebracht hast, um ihr diese Ehe schmackhaft zu machen.«

Olaf wehrte ab. »Da war nichts. Es war ganz anders ... Aber das bleibt unter uns, ja?«

»Solange wir nicht gehalten sind, es der Richterin mitzuteilen, weil in der Sache noch eine Anklage gegen dich oder gegen Unbekannte vorliegt«, versicherte Mathilde ihm großzügig und ließ sich nicht davon anfechten, dass der alte Mann sie strafend ansah, bevor er dann doch mit gesenkter Stimme zu erzählen begann.

»Wie gesagt, drei Wochen habe ich gebraucht, aber als ich endlich in Castra Nova ankam und das richtige Haus gefunden hatte, war es gleich Herja, die mir die Tür öffnete, und das Erste, was sie sagte, war: ›Oh, du kommst wie gerufen, Olaf.‹ Ich dachte zunächst, sie hätte es nur gesagt, weil in dem Sommer ihr Mann gestorben war, denn das war gleich das Nächste, was sie mir erzählt hat ... Das muss man sich einmal vorstellen! Da heiratet sie nun schon einen so jungen Kerl, und was tut der? Tritt sich im Garten irgendetwas in den Fuß, fängt sich dabei eine üble Entzündung ein und ist tot, bevor auch nur zwei Wochen herum sind, und das, obwohl ihr Sohn da noch kein Jahr alt war.«

Er schüttelte angewidert den Kopf, als hätte er es dem unglücklichen Markolf bis heute nicht verziehen, dass er es gewagt hatte, einfach so früh zu sterben und sich damit aus der Verantwortung für seine Familie zu stehlen.

»Was hätte ich mir da also denken sollen, wenn nicht, dass Herja und wohl auch ihre Schwiegereltern froh sein würden, einen zu haben, der mit dem Garten, dem Haus und dem Kind helfen würde? Mich durchfüttern können hätten sie schon, schlecht ging es ihnen nicht, die Werkstatt hatte reichlich Kundschaft, und Herja war ja so schlau gewesen, ihren Anteil an unserem Erbe nicht in mein Schiff zu stecken, sondern in ein paar Wiesen hier, die sie bis heute ganz gut verpachtet hat ... Ich dachte sogar, ich könnte vielleicht auch das mit den Glasperlen lernen, aber dazu ist es dann nie gekommen.«

Bedauernd betrachtete er die leer gewordene Teeschale, als hätte er jetzt gut noch einen Schluck gebrauchen können.

»Denn während ich sie noch trösten wollte, sagte Herja: ›Hör mir nun gut zu, wenn du dich nicht zu ungeschickt anstellst, dann kannst du jetzt wenigstens in einen Bauernhof einheiraten, ob du nun dein Schiff verloren hast oder nicht.‹ Ich musste sehr lachen, aber als ich ihr sagte, wenn ich einen Hof gewollt hätte, dann hätte ich auch in Lunde bleiben können, wurde sie ganz ernst und meinte, ich müsse ja nun irgendwie durchkommen, und wenn ich nicht auf fremden Schiffen fahren oder mir die Finger in der Glasperlenwerkstatt verbrennen wolle, dann bliebe nur eines, und das sei ihre Freundin Adalberga. Die war damals nämlich schwanger, und nicht von einem, mit dem man rechnen konnte. Wie das so ist, wenn man jung und unvernünftig ist ... Da will man zu oft gern lustig sein und denkt nicht lange nach.«

Ivar hätte fast gelacht, dass in der Geschichte nun doch noch ein Kind von der Art auftauchte, wie zu viele Männer im Gefolge der Richterin es früher am Tag befürchtet oder gehofft hatten, aber Olaf sah so ernst drein, dass es sich verbot, Scherze über seine Erinnerungen zu machen.

»Das wäre noch nicht so schlimm gewesen«, fuhr er fort, »solange sie eben nur Adalberga war. Ihre Eltern hatten außer ihr noch einen Sohn, und weil sie den Hof nicht teilen wollten, sollte ihr älterer Bruder dort einmal das Sagen haben, und sie hätte in seinem Schatten weiter mitlaufen können, auch mit einem vaterlosen Kind … Aber dann in dem Sommer ist etwas Furchtbares geschehen.«

Ivar machte sich darauf gefasst, nun von dem nächsten Unfall zu hören, der einen jungen Mann das Leben gekostet hatte, und Olaf atmete tief durch, als müsse er sich für das, was er nun zu berichten hatte, erst sammeln.

»Im Großen und Ganzen sind sie in der Familie eigentlich nicht überfromm, sonst wäre das auch niemals gutgegangen mit Adalberga und mir. Doch ihr Bruder … Der hatte eines Morgens draußen auf den Wiesen eine Erscheinung, und zwar eine so eindringliche, dass er auf sein Erbe verzichtet hat und, noch bevor die Woche herum war, ins Kloster drüben bei Portus gegangen ist. Und das mitten im Heumachen, obwohl er wusste, dass sein Vater eine schlimme Hüfte hatte!«

Nach all den Jahren konnte er noch immer den Kopf darüber schütteln, als wäre der Entschluss seines zweiten Schwagers mindestens so unerhört gewesen wie die Dreistigkeit des ersten, einfach verfrüht zu sterben.

»Da war Adalberga nun mit einem Schlag alleinige Hoferbin und hat einen Fehler sehr bereut, den sie kurz zuvor gemacht hatte … Obwohl, ein Fehler war es auf lange Sicht ja nicht, sonst hätte sie mich nicht bekommen.«

So breit, wie er lächelte, fand er wohl, dass seine Adalberga und er es ganz gut miteinander getroffen hatten.

»Denn Ihr müsst eines wissen: Als man allmählich sehen konnte, dass da ein Kind unterwegs war, und die Leute zu tratschen begannen, hat Adalberga dagegengehalten. Auf den Mund gefallen war sie ja noch nie, und so hat sie behauptet, es gäbe einen Vater dazu, der früher oder später wiederkommen würde, nämlich einen Seemann aus dem Norden, der hier nur überwintert habe, so habe sie ihn kennengelernt. Über den Sommer wolle er Geld verdienen, damit sie im Herbst schön heiraten könnten, denn er habe ihr die Ehe versprochen, ganz fest, das könne sie beschwören.

Ob irgendjemand das ernsthaft geglaubt hat, weiß ich bis heute nicht, aber ganz gleich, was im Dorf getuschelt wurde, laut hat danach niemand mehr etwas gesagt, zumal ihre Eltern recht angesehen waren. Es war eine Geschichte, die reichte, um das Gesicht zu wahren, und wenn dann nach Ablauf des Sommers keiner gekommen wäre, hätte sie immer noch sagen können, sie habe viel Pech gehabt, das Schiff ihres Liebsten sei nicht zurückgekehrt. Und bei Adalberga, der kleinen Schwester des neuen Bauern, hätte das vielleicht auch keinen zu sehr gekümmert.«

Er hielt inne und sah noch einmal sehnsüchtig zu seiner leeren Teeschale, die sich gleichwohl nicht von selbst wieder füllte.

»Doch als dann ihr Bruder ins Kloster davongelaufen war, wusste sie, dass es früher oder später ihr Hof sein würde, und ihre Eltern waren in großer Aufregung, nicht nur, weil ihr Sohn eben solche Torheiten machte, sondern auch, weil dadurch nun einer zu wenig für all die Arbeit da war und es nicht so einfach werden würde, als Ersatz einen Schwiegersohn zu bekommen.

Denn da nun ein ganzer Hof an Adalberga hing, hätte unter gewöhnlichen Umständen sicher einer aus der Gegend gern zugegriffen, ohne sich daran zu stören, dass da das Kind eines anderen mit im Spiel war. Aber da sie angeblich fest verlobt war, ging das nicht. Bis in den Winter, wenn nicht gar bis ins nächste Jahr hinein musste sie mindestens abwarten, um das Schiff, das es gar nicht gab, untergehen zu lassen und wieder frei für einen neuen Mann zu sein.

Also mussten sie einen zusätzlichen Knecht einstellen, was verdammt teuer war, und als der dann auch noch vom Heuboden gestürzt ist und sich den Arm gebrochen hat, ja ... Da sah es noch übler aus.

Aber Adalbergas Eltern waren schon lange mit Herjas Schwiegereltern befreundet, und dadurch hatte sich wiederum Herja mit Adalberga angefreundet, und als ich dann vor ihrer Tür stand, meinte sie, das Schicksal habe es gewiss so gewollt. Eines wisst ihr nämlich noch nicht.« Diesmal war sein Lächeln womöglich noch breiter als eben. »Adalberga war ja nicht dumm, sie hatte sich damals bei ihrer Geschichte gesagt, dass der verschollene Kerl auch einen Namen haben musste, wenn man ihr glauben sollte ... Und sie hatte ihn ausgerechnet Olaf genannt, weil nun einmal viele da, wo er herkommen sollte, so heißen.«

Es hätte ein hübsches Lügenmärchen sein können, aber so, wie Olaf dreinsah, war es eher eine Wahrheit, die er nach all den Jahren immer noch halb mit Erheiterung, halb mit Ehrfurcht betrachtete wie etwas, das eigentlich gar nicht sein konnte und doch in einer Mischung aus Vorzeichen und lustigem Zufall tatsächlich geschehen war.

»Es wird aber noch besser«, versprach er. »›Komm‹, hat Herja gesagt, ›wir machen gleich, dass wir dort hinkommen, denn wenn du der richtige Olaf sein willst, dann gehst du doch wohl geradewegs zu deiner künftigen Frau, kaum dass du wieder hier bist.‹ Wir waren also da auf dem Hof, noch bevor es ganz dunkel war, und Herja hat Adalberga heimlich vom Melken weggeholt, um ihr alles zu sagen ... Na, und als sie dann um die Ecke bog, habe ich sofort gesehen, dass sie freundliche Augen hatte, und ich war ihr wohl auch nicht zu hässlich. Wir haben rasch geredet, während Herja gewacht hat, damit niemand dazwischenkommen konnte, und da sagte Adalberga: ›Wie ist das denn, kannst du mit Ziegen umgehen? Wir haben viele.‹ Und ich musste dermaßen lachen ... Da geht man nun schon auf Handelsfahrt und denkt, dass man endlich diesen fürchterlichen Spitznamen ›Ziegen-Olaf‹ loswird, und wo landet man? Wieder nur bei den Ziegen.«

Das war der Punkt in der Geschichte, an dem Gorm, der bisher bemerkenswert still zugehört hatte, zu lachen begann und nicht wieder aufhören konnte, und sein Lachen konnte in solchen Fällen verdammt ansteckend sein.

Die Einzigen, die es nicht mitriss, waren Ardeija, Hartwin und der dritte Plünderer, die nun wieder aus der Kanzlei kamen und allesamt gleichermaßen befremdet zu Olaf und seinen Zuhörern hinübersahen, bevor sie durch die Seitentür hinaus ins Dunkel gingen.

Die kleine Störung genügte, damit immerhin Olaf sich wieder halbwegs fing.

»Wie dem auch sei, nach einer Woche war ich jedenfalls verheiratet, und nach drei Wochen Vater«, schloss er mit einem Schulterzucken.

Gorm holte tief Luft, wollte wohl etwas sagen und musste doch nur wieder lachen, ob nun immer noch über die Ziegen oder über die Art, wie Olaf so jäh zu einer fertigen Familie gelangt war.

»Aber eigentlich ist es doch schön«, brachte er am Ende hervor. »Dass du wieder Ziegen hast, meine ich. Dein Ziegenkäse damals war der beste, den ich je hatte. Du hast einmal welchen mitgebracht, als du unseren Vater besucht hast, und ich musste mich anstrengen, um genug abzubekommen, weil er hier mir sonst alles weggegessen hätte.«

Er stieß Ivar an, der in Erwägung zog, anzumerken, dass er anders in Erinnerung hatte, wer sich den meisten Käse einverleibt hatte, und dann großmütig darauf verzichtete, weil Olaf Gorm so herrlich erstaunt ansah.

»Daran erinnerst du dich?«

»Es war eben ein sehr guter Käse«, bekräftigte Gorm.

»Wollt ihr welchen?«, fragte Olaf. »Das ist nicht viel zur Entschädigung für das, was mit dem Schiff verloren gegangen ist, ich weiß, aber ich kann euch welchen herschicken … Denn schlechter als in Lunde ist er auch hier nicht, versprochen.«

»Das klingt gut. Dann erzählen wir auch nicht in der Stadt herum, dass dich oben in Lunde alle ›Ziegen-Olaf‹ genannt haben«, sagte Gorm versöhnlich, denn wenn man ihm eines lassen musste, dann, dass er trotz aller Kämpfe, in die er sich stürzte, auch erstaunlich gern bereit war, wieder Frieden zu schließen, und vieles gelassener verzieh als selbst die frömmsten Christen, wenn er zu dem Schluss kam, dass es nicht böse gemeint gewesen war.

Ivar nickte, denn zu hervorragendem Ziegenkäse zu kommen, war besser als alles, was er sich von der Begegnung mit Olaf erhofft hatte, und nicht nur deshalb war er heute Abend mild genug gestimmt, um hinzuzufügen: »Und damit du es weißt … Unseren Vater hätte es gefreut, zu erfahren, dass du nicht mit deinem Schiff untergangen bist. Er hat dich geschätzt, sonst hätte er sich ja nie auf die Sache eingelassen.«

Er hatte etwas Freundliches sagen wollen, aber vielleicht war es das Falsche gewesen, denn Olafs eben noch heiteres Gesicht wurde sehr ernst, und er brauchte einen langen Atem-

zug, bevor er schließlich sagte: »Es wäre wohl anständiger gewesen, Erik wissen zu lassen, dass ich noch da war, aber ... Das
habe ich nicht fertiggebracht, und nachdem alles so glimpflich für mich ausgegangen war, noch weniger als vorher.« Er
zögerte abermals und fragte dann: »Ist es eigentlich wahr,
dass sein Bruder ihn oder vielmehr euch alle vom Hof geworfen und er dann vor Kummer zu viel getrunken hat, genug,
um irgendwann daran zu sterben?«

Die Geschichte war offenbar nicht nur mit Snotra nach
Austrasien gereist, sondern hatte auch ihren Weg nach Castra
Nova gefunden, ob nun über den Hafen oder heimliche alte
Verbindungen, die Herja aufrechterhalten haben mochte.

»Das ist wahr«, sagte Ivar, weil es daran nun einmal nichts
zu beschönigen gab, »aber wahr ist auch, dass du nichts dafür
kannst, dass Onkel Sigurd ein widerlicher alter Dreckskerl ist,
und ja nun auch nicht hingegangen bist und unseren Vater
zum Saufen gezwungen hast. Was geschehen ist, wäre wohl
auch geschehen, wenn du nach Lunde zurückgekehrt wärst
und ihm von allem berichtet hättest, also mach dir keine Sorgen ... Und im Übrigen auch nicht um deinen Schwiegersohn.
Wir wissen, was für einen Falken du gesucht hast, und auch,
woher er Wulf kennt.«

Durch eine flüchtige Berührung am Arm ließ er Mathilde
wissen, dass er ihr nachher erläutern würde, was es mit dem
Falken auf sich hatte.

Olaf nickte unterdessen sehr langsam. »Ich habe Felix ja
gleich gesagt, dass er ernst nehmen soll, was man sich über
Frau Herrad erzählt, und dass es deshalb verdammt gefährlich werden könnte ... Aber als er vom Fuhrwerk aus am anderen Ende des Markts jenen Wulf gesehen zu haben meinte, der
ihm einmal sehr geholfen hatte, war er nicht mehr zu halten.

Er ist gleich abgesprungen, hat sich über den Platz gekämpft und, da der Mann schon fort war, die Marktfrau angesprochen, an deren Stand er ihn entdeckt hatte. Als er ihr sagte, es sei ein alter Freund, den er seit dem Krieg aus den Augen verloren habe, war sie gleich ganz hilfsbereit und meinte, soweit sie wisse, sei das der Koch von Frau Herrad, der Richterin ...

Na, und Felix wollte unbedingt hierher, obwohl er noch den Verstand hatte, erst einmal zu uns zurückzukommen, weil wir eine Holzfuhre auszuliefern hatten, und Adalwi und ich haben unser Bestes getan, ihm klarzumachen, dass es auch schiefgehen könnte, für ihn wie für seinen Bekannten. Am Ende hatten wir ihn auf einen Brief an den Mann heruntergehandelt, und mir wäre es lieber gewesen, den hätte er nicht selbst überbracht, aber da er nun einmal hinwollte, bin ich mitgegangen, nur für alle Fälle, und habe die ganze Zeit gedacht, es wäre besser gewesen, er hätte euren Wulf am Morgen nicht gesehen. Denn wenn man bedenkt, wo sie sich ursprünglich begegnet sind ...«

»Wie gesagt, mach dir keine Sorgen um deinen Schwiegersohn«, bekräftigte Ivar. »Soweit ich unterrichtet bin, ist bei den Begnadigungen, die für die meisten Verurteilten unter den Verlierern des Bürgerkriegs mittlerweile ausgesprochen worden sind, durchaus bedacht worden, dass jemand zwischenzeitlich versucht haben könnte, sich durch eine Flucht oder falsche Angaben über seine Person zu retten.« So hatte es zumindest Herrad vorhin am Küchentisch erläutert. »Wenn Felix sich sonst nichts hat zuschulden kommen lassen, hat er nun nichts mehr zu befürchten.«

»Da bin ich erleichtert«, behauptete Olaf und war es doch erkennbar nicht, auch wenn er eine heitere Miene aufzusetzen versuchte.

Aus alter Gewohnheit regte sich Ivars Jagdeifer, und er musste sich zwingen, ihn wieder schlafen zu schicken und Olaf nur anzulächeln, denn wenn man den guten Ziegenkäse bekommen wollte, dachte man jetzt wohl besser nicht daran, Verbrechen aus Kriegszeiten aufzudecken oder sonstige unersprießliche Geheimnisse zu lüften.

»Wenn es so steht, wird die Sache ja auch eurem Koch nicht schaden«, setzte Olaf hinzu und lenkte damit nicht einmal ungeschickt das Gespräch von seinem Schwiegersohn fort.

Falls Gorm das auch auffiel, war es ihm gleichgültig; er lachte. »Den würde unsere Richterin nicht einmal dann fortjagen, wenn er nicht ihr Schwiegervater wäre, dazu kocht er viel zu gut.«

Olafs Blick huschte zur Kanzleitür hinüber, als wolle er sich erst vergewissern, dass niemand ausgerechnet jetzt von dort in den Gerichtssaal herüberzukommen gedachte, bevor er flüsternd fragte: »Die hat den Sohn ihres Kochs geheiratet?«

So, wie er klang, konnte er sich nicht ganz erklären, wie Leute in den Diensten einer Frau, die solch eine Verbindung eingegangen war, sich vorhin über das Zustandekommen seiner Ehe mit Adalberga hatten wundern können.

»Auch«, sagte Mathilde, ohne über dieses eine Wort hinaus darauf einzugehen, dass das wahrlich nicht die entscheidende Einzelheit war, um das Verhältnis, in dem Herrad und Wulfila vor ihrer Heirat zueinander gestanden hatten, angemessen zu beschreiben. »Und da wir schon von Herrad sprechen ... Ich sollte wohl hingehen und ihr sagen, worauf diese Unterredung hier hinausgelaufen ist. Sie wird sich gewiss freuen, dass keine Totschlagsbuße festzusetzen ist.«

Damit nickte sie Olaf, der lieber auf eine Antwort verzichtete, freundlich zu und ging, gefolgt von Turnus. Erst als die

Tür der Kanzlei sich hinter ihr geschlossen hatte, wiederholte der alte Mann ratlos: »›Auch‹?«

Ivar sah ihn an und fragte sich, ob die Richterin wohl nachher jubeln würde, dass sich in Castra Nova und Umgebung ihr Geistersehen allem Anschein nach weiter herumgesprochen hatte als die früher in Aquae zum Anlass von so viel Gerede gewordene Tatsache, dass ihr Mann ein gebrandmarkter Dieb war, den sie selbst verurteilt hatte. »Auch«, bestätigte er. »Der Sohn ihres Kochs ist nämlich zugleich einer ihrer Schreiber, und sie kannte ihn schon, bevor sie seinen Vater eingestellt hat.«

»Ah«, sagte Olaf nickend und bemerkte hoffentlich nicht, dass Gorm sich ein Lachen verbiss, weil Ivar nicht einmal hatte lügen müssen, um die Wahrheit anständiger und alltäglicher erscheinen zu lassen, als sie eigentlich war.

In der Kanzlei dagegen hielten sie sich mit dem Lachen nicht zurück, soweit es sich, gedämpft durch die geschlossene Tür, erahnen ließ, mochte es nun Mathildes Bericht oder irgendetwas anderem gelten.

Ivar blieb keine Zeit, sich lange Gedanken darüber zu machen, denn das war der Augenblick, in dem auf dem Hof aufgeregte Stimmen laut wurden, die auch Olaf mit einem Schlag aufmerken ließen, und gleich darauf kam Ardeija allein wieder von draußen herein.

»Ich störe euch nur ungern«, begann der Hauptmann, und nach dem unruhigen Blick zu urteilen, den er auf Ivar warf, bevor er sich an Olaf wandte, war das keine bloße Höflichkeit, sondern vielmehr der Tatsache geschuldet, dass er sich immer noch sorgte, ob zwischen ihnen auch alles im Reinen war, »aber dort draußen stehen Eure Tochter, Euer Neffe und seit gerade eben auch Euer Schwiegersohn und sind in großer

Sorge, da sich anscheinend bis zum Haus Eurer Schwester herumgesprochen hat, dass man Euch festgenommen hat.«

»So etwas macht rasch die Runde, ja, selbst abends und bei diesem Wetter«, erklärte Olaf und stand auf.

»Dann geh sie lieber beruhigen, bevor sie da draußen noch weiter herumlärmen«, riet ihm Gorm. »Sonst beschweren sich wieder die Nachbarn, dass es bei uns zu laut zugeht.«

»Und wir haben dich ohnehin lange genug aufgehalten«, setzte Ivar hinzu und hoffte, dass Olaf nun, da er sie glücklich los war, den versprochenen Ziegenkäse nicht gleich wieder vergessen würde.

Doch Olaf schien es nicht einmal eilig zu haben, zu flüchten. »Dabei seid ihr ja noch gar nicht dazu gekommen, mir zu erzählen, wie es euch so ergangen ist. Wenn ihr einmal Zeit findet, besucht ihr mich draußen auf dem Hof, ja? Oder ich komme vorbei, wenn ich in der Stadt zu tun habe, und wir reden noch ein wenig.«

Da Gorm gleich fröhlich darauf einging und versprach, dann könne Olaf sich schon auf viel Abenteuerliches freuen, beschränkte Ivar sich auf ein Nicken, fand es aber angemessen, ihren Gast noch zur Tür zu begleiten.

Um Sintram, der immer noch Wache hielt, hatte sich tatsächlich im Halbkreis eine kleine Versammlung gebildet, von Herjolf, dem Glasperlenmacher, der ganz links stand und im Schein der Laterne über der Tür finster dreinsah, über eine wenig jüngere Frau, auf deren spröde Züge beträchtliche Erleichterung trat, als Olaf unversehrt erschien, und bei der es sich um Adalwi handeln musste, bis hin zu Wulf am rechten Ende der Reihe, der bis eben allem Anschein nach beruhigend auf den blonden, unscheinbaren Mann eingeredet hatte, der zwischen ihm und Adalwi stand.

Offenbar war es Asri also tatsächlich gelungen, den Falken einzufangen, aber es war nicht der für die schlichte Tunika darunter viel zu feine und vermutlich zauberkräftige Mantel, an dem Ivars Blick neugierig hängenblieb, sondern das eigentlich nicht sonderlich einprägsame Gesicht darüber, das sehr blass wurde, als er hinter Olaf ins Freie trat.

Ganz so viele Jahre, wie dieser hatte abziehen müssen, um Eriks Söhne zu erkennen, musste Ivar nun nicht zurückrechnen, um zu wissen, wen er vor sich hatte, aber es waren doch einige, genug, um in die Zeit des Bürgerkriegs zu kommen.

Du bist das also, dachte Ivar und verstand auf einmal sehr viel von dem, was ihm früher am Abend Kopfzerbrechen bereitet hatte.

Dennoch sagte er nur: »Keine Angst.« Es hätte an die ganze Runde gerichtet sein können und galt doch allein Felix, der nicht Felix hieß, während das, was er hinzufügte, nicht das Geringste mit diesen ersten Worten zu tun hatte, obwohl es für Uneingeweihte so klingen würde und sollte. »Es gab da vorhin ein Missverständnis, was Olafs Anwesenheit hier betraf, aber das hat sich rasch geklärt. Wir haben nur gemerkt, dass wir uns von früher kennen, und beim Reden die Zeit vergessen.«

»Das sind Eriks Söhne aus Lunde, stellt euch vor«, sagte Olaf, und das ließ Herjolf noch unbehaglicher dreinsehen, als würde er sich fragen, ob Ivar nun gleich zwei Gründe hatte, ihn nicht besonders zu mögen.

Adalwi dagegen achtete weit mehr auf ihren Mann, der klug genug war, nichts zu sagen, aber Ivar auf eine Art im Auge behielt, die verriet, dass er sich nicht sicher war, ob er dem Frieden trauen konnte. Wulf bemerkte es auch, schwieg allerdings dazu, während Gorm noch zu beschäftigt damit war, Olaf künftige Besuche in Aussicht zu stellen, um dessen Schwiegersohn viel Aufmerksamkeit zu schenken.

Hätte er es getan, wäre wohl auch ihm aufgefallen, dass Felix mehr als froh war, nach kurzer Zeit fortkommen zu können, so freundlich sein Wiedersehen mit Wulf danach, wie die beiden einander zum Abschied die Hand reichten, auch verlaufen sein mochte. Das immer noch nicht angenehme Wetter bot einen Vorwand, auf einen raschen Aufbruch zu drängen, und auch wenn kein böses Wort fiel, lag doch ein Anflug von Anspannung über den letzten gemeinsamen Augenblicken, als könne jederzeit der Sturm oder Schlimmeres wieder losbrechen.

Gorm erfasste die eigenartige Stimmung nicht; er sah den teils neuen, teils alten Bekannten nur vergnügt nach, bis sie um die Ecke des Gerichtsgebäudes gebogen waren, und verkündete dann, das sei doch ein allseits erfolgreicher Abend gewesen.

»Wie man es nimmt«, sagte Ardeija, und nun stand in seinem Gesicht nicht mehr nur die Besorgnis von vorhin, sondern auch das schlecht verborgene Wissen, dass es noch etwas über Felix zu sagen gab. »Unsere Plünderer würden dir wohl nicht zustimmen. Aber was die betrifft, ist das Wichtigste getan; ich brauche dich hier nicht mehr, falls du lieber nachsehen willst, ob deine Nichte auch schön über alles hinweggeschlafen hat.«

»Die doch nicht.« Gorm kannte Sigrid viel zu gut. »Aber wenn du es so anfängst, Hauptmann, dann hast du wohl noch etwas mit Ivar zu besprechen.«

»Das gilt für uns beide«, sagte Wulf, während Sintram auf seinem Wachtposten tat, als würde er überhaupt nicht lauschen.

Gorm sah zwischen ihnen allen hin und her und spürte wohl, dass ihm etwas entgangen war, ohne einen Ansatzpunkt zu haben, dahinterzukommen, was genau er übersehen hatte. »Wenn es um das geht, was wir mit Olaf geredet haben ...« begann er.

Ivar schüttelte den Kopf. »Geht es nicht, Gorm, und du kannst ruhig zu Sigrid gehen.«

»Nur, wenn du mir nachher sagst, was für Geheimnisse ihr hier habt«, gab Gorm zurück und ging dann doch, vielleicht, weil Ardeijas Blick es ihm nachdrücklich riet, vielleicht auch nur, weil er noch zu erfüllt und erschöpft von allem anderen, was der Abend gebracht hatte, war, um sich jetzt lange streiten zu wollen.

»Er hätte es ruhig hören können«, sagte Ivar, als die Tür am Kriegerende des Stalls hinter seinem Bruder zugefallen war, nicht nur, weil es zutraf, sondern auch, weil er sich sehr sicher war, dass eben etwas durch die Nacht über sie alle hinweggeglitten war.

Abermals war er gewiss nicht der Einzige, der etwas bemerkt hatte, denn Wulf fragte trotz des immer hoffnungsvoller die Ohren spitzenden Sintram ein wenig zu bereitwillig: »Woher also kennst du Felix?«

Ivar zuckte die Schultern, als wäre das nicht weiter von Bedeutung. »Ich bin ihm vor und kurz nach dem Bürgerkrieg schon über den Weg gelaufen und weiß, dass er nicht immer Felix hieß, das ist alles.«

»Und wer ist er, wenn er dich so ängstlich angeschaut hat, als könnte ein falscher Satz von dir ihn in arge Bedrängnis bringen?«, kam es von Ardeija, dessen Hände unter seinem Mantel verschwunden waren, um sich an seinem kleinen Drachen zu wärmen.

»Jetzt ist er Felix «, entgegnete Ivar. »In einem anderen Leben war er der Sohn des Kanzlers des Grafen von Ripa, aber das muss hier ja niemand erfahren.«

Damit verriet er Wulf nicht mehr, als dieser schon wusste, und Ardeija nicht einmal die Hälfte dessen, worauf es ankam, aber das war so, wie es sein sollte, das wussten sie alle, und der Hauptmann sagte erwartungsgemäß auch nur: »Dann komm; wir sollten sehen, ob man in der Kanzlei unsere Hilfe benötigt oder« – ein Nicken zu Wulf – »ob sie dort noch Tee brauchen.«

Keines von beidem würde verlangt werden, aber damit hatten sie alle drei ihre Ausrede, aus dem wieder stärker werdenden Nieselregen in den Gerichtssaal zu wechseln und die Tür zu schließen, damit Sintram draußen nichts mitbekam.

Ardeija blieb stehen und drehte sich zu Ivar um. »Wie lauten nun die Antworten auf unsere Fragen, wenn gerade kein Falke lauschend auf dem Dach sitzt?«

»Was macht dich so sicher, dass er nicht noch genau da ist?«, erkundigte sich Ivar und sah nach oben, unsicher, wie scharf man als Falke vielleicht auch durch Reet und Holz hindurch zu hören vermochte.

Ardeija seufzte, und mit einem Schlag war das schlechte Gewissen ihm wieder anzusehen, das er wohl immer noch hatte, weil er Ivar nie etwas von Asris Eulenmantel erzählt hatte. »Er war heute schon mehrfach ein Falke, und das kann er nicht beliebig lange bleiben, zumindest nach allem, was ich weiß. Zu oft oder für mehr als kurze Frist eine fremde Gestalt überzustreifen, ist anstrengend, wenn nicht gar gefährlich. Um sich zu vergewissern, dass du ihn nicht ins Unglück redest, mag er ja eben noch einmal zurückgekommen sein, aber der wird losgeflogen sein und in sicherer Entfernung den Mantel abgelegt haben, sobald wir hier drinnen waren.«

Wulf nickte dazu. »Nach allem, was er mir heute erzählt hat, liegt es ihm immer noch ganz und gar nicht, die Verkleidung dauerhaft zu tragen. Er hat damals seine Flucht sehr häufig unterbrechen müssen, sonst wäre er gar nicht im wahrsten Sinne des Wortes dort gelandet, wo er heute ist. Eigentlich wollte er, als er aus den Steinbrüchen fort war, als Falke bis über die Grenze fliegen, aber es ging eben nur mit Pausen in Menschengestalt, und bei einer davon ist Adalwi im Wald über ihn gestolpert.«

»Dann passt es ja, dass er sich Felix nennt«, entgegnete Ivar. »Der Mann hat mehr als einmal im Leben viel Glück gehabt.«

»Und mehr als einmal auch Pech«, entgegnete Wulf. »Was gibt es nun über ihn zu erzählen?«

Ivar erläuterte es ihm und hatte das seltene Vergnügen, Wulf beeindruckt den Kopf schütteln zu sehen.

»Teufel«, murmelte Ardeija, während am Ende des Saals die Kanzleitür aufschwang und der unerwartet aufregende Abend endlich auch für die Richterinnen und ihre Schreiber ein Ende nahm. »Kein Wunder, dass er dich so angesehen hat.«

»Er hätte sein Kind wohl lieber Ivar als Wulf nennen sollen«, bemerkte Wulf nicht ohne Belustigung.

Ivar lachte. »Erstens wird er dich aus gutem Grund in freundlicherer Erinnerung haben als mich, und zweitens wusste er vermutlich bis heute nicht, wie ich heiße.«

Auch wenn der selbsternannte Felix es gewusst und das unwahrscheinliche Bedürfnis gehegt hätte, in der Namensgebung seines Sohnes an Ivar zu erinnern, wäre vielleicht nichts daraus geworden, denn wie Wulf lachend erzählte, war es wohl schon schwer genug für ihn gewesen, aus dem Jungen einen Wulf zu machen, weil seine Frau und ihre Verwandtschaft, die sich bei den Namen der älteren beiden Kinder der Familie durchgesetzt hatten, auch im dritten Fall nicht allzu schnell eingelenkt hatten.

»Solche Fragen kann man doch auch klären, ohne sich lange zu streiten«, sagte Mathilde, die, Turnus an ihrer Seite, aus der Kanzlei gekommen war, und führte nicht aus, dass sie und Ivar seinerzeit eine sehr einfache Regelung getroffen hatten, um sich abzeichnende Uneinigkeiten über den Namen ihres Kindes zu vermeiden: Eine Tochter hatte sie benennen dürfen, bei einem Sohn wäre es ihm vorbehalten geblieben.

Dass Mathilde dann nicht ehrlich gespielt, sondern Sigrid genau den Namen gegeben hatte, den Ivar für ein Mädchen bevorzugt hatte, weil seine Mutter ihn getragen hatte, hieß wohl, dass sie ihn wirklich sehr lieb hatte.

»Kommst du?«, fragte sie nun. »Es ist wirklich verdammt spät geworden.«

Sie sah ihm wohl an, dass er gerade sehr gute und freundliche Gedanken über sie im Sinn hatte, denn ihre rechte Hand schloss sich um seine linke.

Ardeija holte zwar Luft, als wolle er einwenden, dass noch längst nicht alles geklärt sei, doch als dann auch noch Wulfila hinzukam und seinerseits Wulf ansprach, sagte er nichts, und es genügte, sich mit einem Nicken in die Runde zu verabschieden.

Erst als sie, Hand in Hand über den Weg auf dem Hof, im leichten Regen schon fast auf Höhe des Lindenstumpfs waren, erkundigte sich Mathilde: »Habe ich dich da gerade aus einem unangenehmen Gespräch gerettet? Du hast so dankbar dreingesehen.«

»Unangenehm? Nicht über Gebühr, nein.« Ivar schüttelte den Kopf. »Aber dankbar bin ich dir immer für vieles, und das habe ich da drinnen auch gedacht, als du angedeutet hast, wie Sigrid zu ihrem Namen gekommen ist. Du tust immer viel zu viel für mich.«

»Ach, Ivar.« Mathilde blieb stehen, wandte sich ihm zu und drückte seine Hand ein wenig fester, und er ahnte, dass sie die Arme um ihn geschlossen hätte, wenn nicht so viele Leute hinter ihnen zum Haupthaus geströmt wären, dass selbst im Dunkeln eine Umarmung oder ein Kuss nicht unbemerkt geblieben wäre. »Nun rede nicht so. Das ist seit dem Sommer schlimm geworden mit dir; du bedankst dich zu oft, und nicht nur mit jeder Glasperle.«

Ivar zuckte die Schultern, weil er ihr ganz gewiss nicht lästig fallen wollte, aber doch nicht anders konnte, als über das, was sie für ihn geopfert und in Kauf genommen hatte, immer noch gerührt zu sein. »Du hast verdammt viel für mich getan. Soll ich das übergehen?«

»Und du tust umgekehrt nie etwas für mich, wie?«, gab Mathilde in liebevoller Gereiztheit zurück. »Wir haben uns nur so recht kennengelernt, weil du bereit warst, mir zu helfen – das war mit das Erste, was ich über dich erfahren habe, und ich habe mich immer auf dich verlassen können, wenn ich dich brauchte. Hätte ich das da noch nicht sicher gewusst, hätte ich es bestätigt gefunden, als du mir in Padiacum das Leben gerettet hast, als dieser Verräter in der Hofkanzlei mich erstechen wollte, oder spätestens zwei Jahre darauf, als du mich tagelang gepflegt hast, weil es mir so schlecht ging, und dich hinterher nicht einmal beschwert hast, dass deine Lieblingstunika, auf die ich dir gespuckt habe, nicht wieder sauberzubekommen war.«

Ob für Mathildes Zustand ein Giftanschlag oder schlicht eine verdorbene Fleischpastete verantwortlich gewesen war, hatte sich zu Ivars Unmut nie so recht klären lassen, aber was sie nach den fürchterlichen Tagen getan hatte, stand dafür eindeutig fest.

»Wer mir damals ungefragt eine neue hat nähen lassen, darf sich jetzt aber nicht über Glasperlen beklagen«, erwiderte er und stellte fest, dass alle anderen Menschen bis auf den armen Sintram schon drinnen verschwunden waren und selbst Turnus im Regen unzufrieden zu werden begann.

Mathilde behauptete ohne jede Grundlage, das sei kein Argument, und setzte sich wieder in Bewegung. »Du suchst dir aber auch immer ein elendes Wetter aus, um einem dein Herz auszuschütten, weißt du das?«

Ivar lachte, denn das war kein echter Vorwurf, sondern schlicht die Wahrheit. Ob nun im Novemberregen damals nach dem Kampf, der ihn fast das Leben gekostet hätte, oder an einem ungemütlichen Heiligabend Jahre später, sie hatten zu oft dann, wenn man sich besser nach drinnen geflüchtet hätte, unter freiem Himmel Dinge von großer Bedeutung miteinander besprochen.

Jetzt aber war gesagt, was unter vier Augen hatte gesagt werden müssen, und so sprach nichts dagegen, die Tür aufzuhalten, damit Mathilde und Turnus ins Trockene schlüpfen konnten, auch wenn es wirklich trocken nur so lange blieb, bis Turnus sich kräftig geschüttelt hatte, aber darauf kam es heute auch nicht mehr an.

Ringsum waren schon Vorhänge zugezogen und alle Leute, die nicht mehr anderswo gebraucht wurden, zu Bett gegangen, auch wenn leise Stimmen anzeigten, dass nach dem wilden Abend noch nicht viele schliefen. In dem ihrer Familie vorbehaltenen Winkel des Raums stand der Vorhang offen, und alle waren noch wach, Gorm ebenso wie das Kind in seinem einen und die kleine schwarze Katze in seinem anderen Arm.

Bei den widrigen Bedingungen heute hatte sie sich vermutlich nicht lange im Freien, sondern eher auf Mäusefang im Stall herumgetrieben, wenn sie nicht oben unter dem Dach bei der Trollfrau gewesen war, denn sie war eine Katze, die wohl eigentlich bei den Trollen wohnte und nur besuchsweise zu den Menschen kam.

Wenn sie es tat, fand sie aber offensichtlich Gorms Schoß sehr bequem, obwohl es sich im Grunde gehört hätte, dass sie Ivars Katze geworden wäre, denn sie sah ganz so aus wie Svala, die Katze, er als Junge oben in Lunde gehabt hatte, nur um sie für Jahre zu verlieren und später für eine Weile wiederzubekommen, bis sie sich, schon sehr alt geworden, am Tag vor Sigrids Geburt ein letztes Mal auf seiner Türschwelle in Aquae hochmütig nach ihm umgedreht hatte, um dann zu gehen und nie zurückzukehren.

Für ihr erstes Verschwinden hatte er damals Gorm sehr zu Unrecht verantwortlich gemacht, für das zweite nie, und auch wenn er wusste, dass es vermutlich natürliche und traurige Ursachen gehabt hatte, erzählte er sich gern, dass sie nur wieder und diesmal endgültig zu den Trollen gegangen war, um ihm später in Castra Nova als Ersatz ihr Kind zu schicken.

Aber Svalas Tochter, wenn sie es denn war, hatte eindeutig seinen Bruder lieber, der doch behauptete, keine Katzen zu mögen und sich mit dieser einen hier doch eigenartig gut verstand.

Im Augenblick hielt er sie jedenfalls wieder sehr zärtlich fest, während er seiner Nichte zum Einschlafen eine Geschichte erzählte, die vermutlich alles andere als beruhigend war, sondern gerade einem aufregenden Höhepunkt zustrebte, denn als ihre

Eltern hereinkamen, achtete Sigrid kaum darauf, sondern fragte mit vor Spannung weit aufgerissenen Augen: »Und dann?«

»Eigentlich wollte sie Thorgeir nun umbringen«, sagte Gorm, was klärte, dass er lieber auf Herja die Starke als auf Olafs Abenteuer zurückgegriffen hatte. »Er hatte sie ja wirklich mehr als einmal sehr geärgert, weißt du noch? Aber dann, als sie ihm das Schwert aus der Hand gehauen hatte und ihres schon zum tödlichen Schlag erhoben hielt, während er blutend am Boden lag ...

Da sah sie ihn an, vielleicht zum ersten Mal überhaupt so richtig, und merkte, dass er keine bösen Augen hatte. Also hatte er es vielleicht gar nicht so gemeint, und gut gekämpft hatte er auch, das musste sie zugeben.

Nun tat es ihr auf einmal leid um ihn, und so steckte sie das Schwert weg, half ihm auf und sagte: ›Ich hätte mir deinen Kopf holen können, das weißt du ja wohl. Aber mir scheint, ich hätte mehr davon, gleich den ganzen Mann und nicht nur seinen Schädel zu nehmen.‹

Das schien Thorgeir gut gesprochen, und noch bevor der Sommer um war, waren Herja und er verheiratet. So habe ich es jedenfalls einen klugen Mann, der sich mit alten Geschichten auskennt, erzählen hören, also ist es auch wahr.«

Er sah seinen Bruder nicht an, als er es sagte, sondern kraulte behaglich die Katze, aber Ivar fragte sich dennoch, ob sein Erscheinen zur rechten Zeit Thorgeir das Leben gerettet hatte oder ob Gorm um Sigrids willen ohnehin auf den blutigeren Ausgang verzichtet hätte.

Er war durchaus in Versuchung, sich bei seinem Bruder danach zu erkundigen, aber natürlich nicht vor Sigrids Ohren, und als sie endlich schlief, war er in der tröstlichen Wärme und Dunkelheit viel zu sehr damit beschäftigt, zu erklären, was es einerseits mit dem Falken und andererseits mit seinem Gespräch mit Ardeija und Wulf auf sich gehabt hatte, um noch einmal auf die alte Geschichte zurückzukommen.

Am nächsten Morgen war dann ohnehin für nichts Zeit, da, die gefangenen Plünderer nicht einmal mit eingerechnet, fünf Klagen wegen ähnlicher Einbrüche und Diebstähle zu bearbeiten waren, womit das Hochgericht es noch gut getroffen hatte, denn das Niedergericht sollte auf ganze dreizehn Fälle kommen.

Die Sturmflut war weniger hoch aufgelaufen als zunächst befürchtet und hatte nur die tiefergelegenen Teile des Hafengebiets erfasst, aber nicht einmal ganz bis zu Sveins Gartenzaun gereicht, wie der Mann fröhlich berichtete, als er gegen Mittag vorbeikam.

So erfreulich es war, dass dadurch die Schäden und Verluste insgesamt geringer ausgefallen waren, als zu erwarten gewesen war, hieß das allerdings zugleich, dass es viele vorsorglich verlassene Häuser und Lagergebäude gegeben hatte, denen kein Wasser Schutz gegen die Annäherung übelwollender Besucher geboten hatte, und entsprechend munter schienen die Möglichkeiten genutzt worden zu sein, wenn auch abermals nicht bei Svein, der verkündete, sein Bruder habe ungeahnt zuverlässig gespukt und einen, der da etwas versucht habe, schon an der Haustür aufgehalten.

»Aber das kläre ich ohne Gerichte«, versprach er, und Ivar verzichtete darauf, nach Einzelheiten zu fragen.

Svein dagegen konnte seine Neugier nicht zügeln, denn er beugte sich vertraulich noch tiefer über Ivars Schreibtisch und flüsterte: »Das wollte ich erzählen, aber eigentlich auch fragen, ob ihr denn nun herausbekommen habt, wessen Sohn es ist.«

»Der des Mannes, den du über ihn hast reden hören«, sagte Ivar. »Er hat ihn nach einem alten Freund benannt, dem er viel zu verdanken hatte, und nur nicht recht gewusst, ob er sich hier blicken lassen sollte, weil die Bekanntschaft in einem Gefängnis zustande gekommen ist. Er hatte Angst, die Art von Vergangenheit könne einem schaden, der nun für eine Richterin arbeitet ... Aber als er erfahren hat, dass sie schon davon wusste, hat sich alles in Wohlgefallen aufgelöst.«

Sveins Blick huschte kurz zu den anderen Schreibern und zu Herrad selbst hinüber, aber er erkundigte sich nicht, wer gemeint gewesen war, und behauptete, auch keine Hilfe dabei zu brauchen, seine Sachen wieder zurück ins Haus zu schaffen, da Hagano und er sich schon um das Meiste gekümmert hätten.

Als er fort war, hätte sich vielleicht die Gelegenheit ergeben können, Gorm zu fassen zu bekommen, da dessen Wachdienst an der Tür zur Straße gerade zu Ende gegangen war, aber seine Ablösung wusste nur zu sagen, er sei mit unbekanntem Ziel in die Stadt verschwunden, und so blieben die Hintergründe von Thorgeirs Verschonung vorerst ungeklärt.

Ardeija dagegen, der schlammbespritzt, da das Wetter nur unbedeutend besser war als am Vortag, von einer wilden Jagd zurückkehrte, auf die eine der Einbruchsklagen ihn und seine Leute geführt hatte, nutzte es aus, dass er Ivar allein im Gerichtssaal antraf.

»Warte kurz, bevor wir dort hineingehen«, bat er und nickte zur Kanzlei hinüber. »Ist wirklich alles gut? Rambert behauptet das, aber ich glaube es erst, wenn ich es dich selbst sagen höre.«

»So wenig traust du deiner Tochter?«, fragte Ivar mild.

»Nein«, räumte Ardeija widerstrebend ein, »aber das Glück, dass gleich zwei Leute, die mir böse sein könnten, es eben nicht sind, habe ich nie.«

»Richenza hat dir also nicht den Kopf abgerissen«, stellte Ivar fest.

»Nein«, sagte Ardeija noch einmal, während Gjuki sich unter seinem Mantel hervorwagte, dann aber doch nur die drei Schritte zum unter der Bank an der Wand verstauten Strickkorb des Hauptmanns zurücklegte, um tief in der Wolle zu verschwinden. »Gelacht hat sie, und dann erklärt, damit, dass das bei mir irgendwann einmal kommen werde, habe sie längst gerechnet. ›Wenn keine Mutter mehr zu ihm gehört, bringen wir ihn schon noch unter‹, das hat sie gesagt, und auch wenn ich denke, dass sie froh ist, dass das nun doch nicht nötig ist … Zornig war sie nicht.«

»Und ich bin es auch nicht.« Ivar sah zu, wie Gjuki auch noch das Schwänzchen, das bis eben noch hervorgeschaut hatte, zwischen die Wollknäule zog. »Ich habe es Rambert gestern gesagt und sage es dir gern noch einmal: Ich hätte mir auch nicht unbedingt von jenem besonderen Mantel erzählt, zumindest nicht in Aquae, und du musst nicht befürchten, dass ich ihn mir ausleihe.«

»Das ist gut.« Ardeija klang tatsächlich ein bisschen zu erleichtert, während er versuchte, seinem Zopf, der sich bei seinem Abenteuer halb gelöst hatte, wieder eine annehmbare Form zu verleihen. »Meine Mutter rückt ihn nämlich nicht gern heraus.«

»Sie ist ja auch vernünftig.« Ivar schloss die rechte Hand kurz um sein linkes Handgelenk, das im Sommer gebrochen gewesen war und ihn jetzt gelegentlich bei kühlem Wetter daran erinnerte, als lauere immer noch ein Rest von Schmerz darauf, einen Vorwand zu haben, wieder an die Oberfläche zu dringen. »Aber ich bin es auch, zumindest vernünftig genug, das hier nicht in einen Flügel verwandeln zu wollen. Wenn man erst hoch über der Stadt merkt, dass man sich zu viel vorgenommen hat, ist das wohl ein wenig gefährlicher, als es sich im Voraus zu sagen. – Und nun komm, es ist warmer Tee da.«

Sie brauchten im weiteren Verlauf des Nachmittags noch eine Kanne davon, um alle in der Kanzlei wach und bei Laune zu halten. Dennoch war Ivar, als es aufs Abendessen zuging, müde genug, ernsthaft in Erwägung zu ziehen, darauf zu verzichten und geradewegs ins Bett zu kriechen, aber die Rechnung hatte er ohne Gorm gemacht, der mit sicherem Gespür dafür, dass schon ein üppiger Eintopf mit Rindfleisch auf ihn wartete, genau zum richtigen Zeitpunkt am Kriegerende des Stalls auftauchte und schier entzückt wirkte, die meisten seiner Hausgenossen schon um den Kessel geschart, seinen jüngeren Bruder aber ein wenig abseits auf der Bettkante sitzend vorzufinden.

»Da!«, war alles, was er an Stelle einer Begrüßung sagte, und zwei Stiefel landeten vor Ivars Füßen, neue, feine Stiefel aus gutem Leder, die nicht hätten da sein sollen und ausreichten, ihn weit genug aus seiner Erschöpfung zu reißen, um Gorm sehr dumm anzusehen.

»Was ist das?«

»Das siehst du ja wohl«, entgegnete Gorm nicht ohne Stolz. »Gestern habe ich ja eine Weile gehofft, wir könnten so viele Glasperlen von Olaf erpressen, dass du keine mehr kaufen müsstest, dann hätte ich dir sagen können, dass du heute hingehen und deine Stiefel selbst bezahlen und abholen sollst, aber da wir uns mit Ziegenkäse begnügen müssen, geht das ja nun nicht, und ich musste bei meinem ersten Plan bleiben.«

Ivar sah ihn nur weiter fassungslos an, auch wenn Gorms Fußspitze jetzt den rechten Stiefel etwas näher zu ihm heranschob.

»Ja«, sagte Gorm. »Ihr habt doch neulich darüber geredet, du und Mathilde, und da musste ich ausnutzen, dass Schuhe, die mir passen, auch dir passen.«

In der Vergangenheit hatte Gorm sich dieses Wissens nur bedient, um zu unfreiwillig überlassenen Leihgaben zu gelangen, deren Rückgabe nicht immer leicht zu erreichen gewesen war; wenn er nun allen Ernstes hingegangen war, um Ersatz für Ivars zur Hälfte zerstörte Winterstiefel zu kaufen, war das mehr als viel, und er musste im Sommer wohl doch größere Angst um seinen kleinen Bruder gehabt haben, als er je offen zugegeben hätte.

»Es gibt Leute, die dir erzählen würden, dass es Unglück bringt, Schuhe zu verschenken«, sagte Ivar dennoch, weil er sonst vermutlich in Tränen ausgebrochen wäre.

Gorm durchschaute seine Gründe für die Äußerung wahrscheinlich besser, als er es hätte tun sollen, denn er lachte sehr. »Dass das ein unsinniger Aberglaube ist, siehst du ja wohl daran, dass noch nichts Schlimmes geschehen ist, obwohl Sigrid in ihrem Leben noch kein einziges Paar ihrer Schuhe selbst bezahlt hat.«

»Bei Kindern zählt es nicht, denke ich«, wandte Ivar ein.

»Bei kleinen Brüdern auch nicht.« Gorm schob auch den zweiten Stiefel noch näher heran. »Los, anziehen, sonst bereue ich es noch, dass ich so großzügig sein wollte, und behalte sie selbst.«

Da das nicht unbedingt eine leere Drohung sein musste, tat Ivar, was sein Bruder von ihm verlangte, und sagte, mit einer guten Ausrede dafür versehen, den Blick schön nach unten gerichtet zu halten, endlich leise: »Danke. Nicht nur dafür, übrigens, sondern auch für Thorgeir gestern.«

Gorm schwieg so lange, dass Ivar sich, die neuen Stiefel an den Füßen, doch noch genötigt sah, aufzuschauen, und mehr Ernst, als er zu finden erwartet hatte, im Gesicht seines Bruders erkannte.

»Du magst ihn ja wohl irgendwie«, sagte Gorm schließlich, um nach einem weiteren Zögern hinzuzusetzen: »Und vielleicht ist eine Geschichte auch besser, wenn keiner stirbt. Als Olaf da gestern erzählt hat, dass seine Schwester Aslaug so früh gestorben ist, ist es mir kalt über den Rücken gelaufen.«

Es mochte Mitgefühl mit einem ihnen fremden Mädchen, das schon nicht mehr gelebt hatte, als sie beide zur Welt gekommen waren, oder auch mit Olaf in seinen Worten mitschwingen, aber stärker waren sie von dem bestimmt, das er nicht laut aussprach. Wenn ihm diese Begebenheit aus dem Leben des alten Mannes so nahe gegangen war und wenn er neulich auf ein belauschtes Gespräch hin teure Stiefel für Ivar in Auftrag gegeben hatte, dann war er verdammt froh, seinen Bruder noch zu haben.

Wären sie allein gewesen, hätte Ivar ihn wohl in die Arme geschlossen und gut und lange geweint, aber es waren eben doch zu viele andere dafür im Raum, und so war er froh, probeweise ein paar Schritte in seinem neuen Schuhwerk gehen und Gorm dann nüchtern sagen zu können, dass alles hervorragend passte.

»Dann können wir ja essen, bevor wir nur noch die kalten Reste abbekommen«, erwiderte Gorm und nickte zum Feuer hinüber.

»Können wir«, sagte Ivar und setzte dann doch wider besseres Wissen hinzu: »Übrigens sollte es dich nicht wundern, dass ich Thorgeir so mag. Schließlich hat er eine gewisse Ähnlichkeit mit dir.«

Gorm, der sich schon zum Gehen gewandt hatte, verharrte in der Bewegung. »Das glaubst auch nur du«, gab er dann in tapferer Weigerung, allzu ergriffen zu sein, zurück. »Ich hätte Herja die Starke selbstverständlich besiegt, wenn ich gegen sie hätte antreten müssen.«

»Das glaubst wiederum nur du«, ließ Ivar ihn wissen, und der Stoß, den Gorm ihm daraufhin versetzte, weckte ihn immerhin endgültig so weit auf, dass er nicht über seinem Essen einschlief und später, als er die neuen Stiefel wieder ausziehen musste, auch noch in der Lage war, Turnus klarzumachen, dass sie nicht zum Herumkauen gedacht waren.

Sie waren es aus mehr als einem Grund wert, verteidigt zu werden, und wärmten Ivars Füße sehr gut, als er vier Tage darauf die Zeit fand, doch noch seinen lange geplanten Ausflug zum Markt zu unternehmen und nach Mathildes Oktoberperle Ausschau zu halten.

Im Grunde wollte er dafür nicht zu Herjolf gehen, schon gar nicht, nachdem gestern ein stattlicher Laib Ziegenkäse, begleitet von zwei Töpfen Apfelmus, als Geschenk von Olaf und den Seinen eingetroffen war, aber die Frau, von der die zweitbeste Glasperle stammte, schien heute nicht in der Stadt zu sein, und Mathilde sollte doch etwas Gutes haben.

So vertändelte er etwas Zeit damit, die ersten, noch zu frischen Walnüsse des Jahres zu kaufen und sich sehr gut bewusst zu sein, dass er dabei nicht unbeobachtet blieb, bis er doch noch zu Herjolfs Stand hinüberging und hoffte, die gewiss für beide Seiten nicht allzu ersprießliche Begegnung schnell hinter sich zu bringen.

Doch so viel Verlegenheit, wie er befürchtet hatte, stellte

sich gar nicht ein, denn der Glasperlenmacher strahlte ihn an, als wäre er ein langvermisster Freund, der ihn besuchen kam.

»Das ist aber schön«, sagte er, und vielleicht war es das für ihn wirklich, da sich gerade niemand sonst an seine Auslage verirrt hatte. »Ich hatte schon Angst, du würdest nicht mehr wiederkommen, aber ich hätte mir denken können, dass du keinen Groll hegst ... Ich weiß ja nun, dass du ein Guter bist.«

»Bin ich das?«, fragte Ivar nicht ohne Spott, denn womit auch immer er gerechnet haben mochte, mit dieser Begrüßung nicht.

Herjolf nickte. »Wir wissen beide, dass du jemandem, den ich sehr schätze, großen Ärger hättest machen können«, sagte er, die Stimme ein wenig, aber nach Ivars Dafürhalten noch lange nicht genug gesenkt. »Dass du es nicht getan hast, war verdammt anständig, und im Nachhinein hat es mir leidgetan, dass ich dir neulich nicht sehr im Preis entgegengekommen bin.«

Genauer gesagt hatte er sich rundheraus geweigert, darüber zu verhandeln, das wussten sie ebenfalls beide, und auch, dass er noch gesagt hatte: »Aber ich muss ja wohl froh sein, wenn einer wie du überhaupt willens und in der Lage ist, zu bezahlen.«

Die Art, wie er dabei Ivars zu kurzes Haar gemustert hatte, das vor ein paar Wochen noch deutlicher als jetzt verraten hatte, wo er bis in den Frühsommer hinein einige Zeit verbracht hatte, wäre eigentlich Grund genug gewesen, ihn einfach stehen zu lassen, aber Ivar hatte die Septemberperle nun einmal sehr gewollt, und Mathilde eine Freude zu machen, war wichtiger gewesen als sein Stolz.

Da Letzteres immer noch galt, sagte er nun nur: »Wenn du deinen Onkel das nächste Mal sprichst, kannst du ihm übrigens ausrichten, dass sein Apfelmus verdammt gut ist … So weit, das beurteilen zu können, waren wir noch nicht, als wir unser Dankesschreiben aufgesetzt haben. Ich nehme doch an, sein Schwiegersohn wird es ihm vorlesen können?«

»Das kann er, ja«, bestätigte Herjolf überflüssigerweise, denn dass Ivar wusste, wie mühelos Felix mit Buchstaben umzugehen verstand, war ihm zur Genüge bekannt, das hatten seine freundlichen Worte von eben verraten.

»Gut«, sagte Ivar, und Herjolf nickte leicht, was sicher nicht dem Brief galt, der auf dem Weg zum Hof am Rabenwald war. »Aber eigentlich bin ich wegen der nächsten Perle hier, und wenn wir uns heute besser einig werden als beim letzten Mal, komme ich vielleicht irgendwann wieder.«

Das passende Wunderwerk, das unter zierenden weißen Streifen die Farbe dunklen Bernsteins hatte, lachte ihn schon an, und auch wenn es immer noch teuer wurde, war der Preis heute in der Tat ein anderer als im letzten Monat, ganz zu schweigen davon, dass Herjolf eine zweite Perle mit danebenschob.

»Es muss doch noch eine dazu«, sagte er herzlich und konnte nicht ahnen, dass das satte und zugegebenermaßen schöne Gelb Ivars sorgfältig zusammengestellte Farbabfolge an Mathildes Hals völlig durcheinanderbringen würde. »Eine, die dich nichts kostet. Sie ist für deine Frau, ja? Denn Olaf sagt, die trägt nur vier Perlen an einer Lederschnur, und es soll doch wohl nicht zu lange dauern, bis eine ganze Kette daraus wird.«

»Man sollte keine Hochgerichtsleute bestechen«, sagte Ivar, allerdings mit einem Lächeln, das Herjolf verraten würde, dass die Mahnung in diesem Fall eher ein Scherz als ganz ernst gemeint war.

»Das ist ja auch nicht wegen einer Hochgerichtsangelegenheit«, gab Herjolf zurück, »sondern zum Dank, du weißt schon wofür, und auch ein bisschen, weil ich neulich nicht mit mir habe reden lassen.«

Darauf konnten sie sich einigen, und so waren es zwei Oktoberperlen, die Ivar mit auf den Nachhauseweg nahm, den er sehr gemächlich antrat, weil er schon wusste, dass er noch eine Unterbrechung erfahren würde.

Als sie auf sich warten ließ, sagte er, an der Ecke des Marktplatzes angekommen, aufs Geratewohl in die Luft hinein: »Wenn du nur wissen willst, was ich vorhabe ... Aufregender wird es heute bei mir nicht mehr. Falls du stattdessen reden willst: Jetzt habe ich noch Zeit.«

Es dauerte nur zwei Atemzüge, bis Ratte wie aus dem Nichts an seiner Seite erschien, ihren schönen Mantel, der in den letzten Tagen allem Anschein nach ein wenig gelitten hatte, eng um sich gezogen.

»Ganz eingerostet bist du also doch noch nicht«, stellte sie fest. »Seit wann weißt du, dass ich dir zusehe?«

»Seit etwas vor den Walnüssen.«

Rattes beifälliges Nicken verriet, dass er sie nicht allzu spät bemerkt hatte. »In eurer Kanzlei haben sie mir gesagt, dass du dich auf dem Markt herumtreibst, und ich hatte keine Lust, lange beim Hochgericht auf dich zu warten.«

»Dann muss ich wohl dankbar sein, dass ich noch in aller Ruhe meine Einkäufe erledigen durfte?«, fragte Ivar, obwohl er sehr genau wusste, dass Ratte es genossen hatte, ihm nachzuschleichen und in Erfahrung zu bringen, ob er sie dabei ertappen würde oder seine Beobachtungsgabe inzwischen sträflich schleifen ließ.

Ratte zuckte die Schultern. »Dich zu begleiten, war ja ganz erholsam, nachdem mich neulich der Sturm fast in die Bucht geweht hat.«

»Hat es sich wenigstens gelohnt?«

»Nein, die Spur war kalt«, räumte sie ein, ohne zu erläutern, was sie in den Tagen seit ihrem letzten Besuch gesucht hatte, und musterte ihn dann, als ginge ihr nicht über die Lippen, was sie mit ihm besprechen wollte.

Wärmer war es unterdessen nicht geworden, und so deutete Ivar nach kurzem Zögern zur Einmündung einer schmalen Straße hinüber. »Wenn das eine längere Unterhaltung werden soll ... Dahinten ist eine Schenke, in der man halbwegs sicher aufgehoben ist.«

»Als wären Leute wie wir das überhaupt irgendwo«, sagte Ratte lachend, kam aber mit und erging sich in Bemerkungen über das unerfreuliche Wetter, bis sie nicht allzu weit von einem niedrigen Feuer entfernt saßen, beide einen Becher in der Hand hielten und leidlich ihre Ruhe hatten.

»Welchen Gefallen hast du diesem Glasperlenmacher eigentlich getan, dass er sich schier überschlagen hat für dich?«, erkundigte sie sich dann, obwohl das gewiss nicht der ursprüngliche Grund dafür war, dass sie Ivar auf dem Markt verfolgt hatte.

»Ich war freundlich zu seinem Onkel, obwohl der alles Geld meines Vaters in der Ostsee versenkt hat.« Da das keine Lüge war, hoffte Ivar, unverdächtig zu klingen, denn Ratte gehörte zu den wenigen Menschen, denen er zutraute, es unverzüglich zu bemerken, wenn er sich nicht an die Wahrheit hielt.

Eine Auslassung würde ihrem scharfen Blick aber vielleicht entgehen, und er hatte wohl Glück, denn sie sagte nur: »Ja, Gorm hat vorhin schon so etwas erwähnt ... Ihr erlebt Sachen!«

Ivar nickte in heiligem Ernst und hoffte, dass ihre Neugier damit gestillt war, denn sie musste nicht unbedingt erfahren, dass Herjolf ihm wohl eher für das dankbar war, was er weder neulich noch sehr viel früher, in einem anderen Leben, über Felix gesagt hatte.

Während er sich die Hände an dem Becher mit heißem Würzwein wärmte, der erfahrungsgemäß etwas genießbarer war als das hier ausgeschenkte Bier, flogen seine Gedanken zurück nach Padiacum, in die königliche Kanzlei der unruhigen Tage kurz vor dem Beginn des Bürgerkriegs.

Am stärksten war vielleicht im ersten Augenblick die Erinnerung an den ganz eigenen Geruch, den die hinteren Räume der Hofkanzlei immer verströmt hatten, nach staubigen Akten und Geheimnissen, und auch daran, wie sich an jenem Winterabend vor fast zwanzig Jahren auf einmal etwas Falsches hineinmischte, zu viel frische, kalte Luft nämlich, weil ein Fenster, das sonst so gut wie nie geöffnet wurde, nicht ganz geschlossen war.

Als dann noch das Geräusch leiser Schritte, die nicht seine eigenen waren, hinzukam, wusste Ivar, dass sich hier jemand herumtrieb, der noch weniger als er selbst in die zu dieser späten Stunde verlassene Kanzlei gehörte, zugleich aber auch, dass es nicht der mutmaßliche Verräter unter den königlichen Schreibern war, auf den er schon seit Wochen Jagd machte, denn der hätte es nicht nötig gehabt, früher am Tag ein Fenster aufzuziehen, um einsteigen zu können, sondern über einen Schlüssel und wohl auch über einen guten Vorwand, um an der Wache vorn auf der Freitreppe vorbeizukommen, verfügt.

Sobald er sich in den westlichsten Raum vorgetastet hatte, dessen Deckenbalken als einzige nicht mit grünen Ranken, sondern mit roten und weißen Rosen verziert waren, staunte er noch mehr, denn wer da im letzten schwachen Licht in

145

Briefen herumstöberte, war noch eher ein Junge als ein Mann, nämlich der Sohn des Kanzlers des Grafen von Ripa, der mit zahlreichen Gefolgsleuten zur Taufe eines ins Königshaus hineingeborenen Kindes angereist war, auf dem große Hoffnungen ruhten und das dann krankheitsbedingt leider doch nicht lange leben sollte.

Dass es so traurig kommen würde, wusste zu dem Zeitpunkt noch niemand, dass die Unstimmigkeiten zwischen dem alten König Gundoald und seinem Sohn Faroald in Schlimmeres auszuarten drohten, aber sehr wohl, und auch, dass nicht einzuschätzen war, hinter wen sich der Graf von Ripa stellen würde, wenn es hart auf hart ging.

Ivar war noch jung und schnell, wenn auch schon ein gutes Stück tiefer im Erwachsenenalter als der blonde, blasse Knabe, den er vor sich hatte, und die Schneide seines Messers lag schon an der Kehle des ungebetenen Gasts, bevor der seine Annäherung auch nur so recht bemerkt hatte.

Die Frage, was das hier werden sollte, beantwortete er erst einmal nicht, sondern war nur so stumm, starr und sichtlich den Tränen nah, dass Ivar rasch zu dem Schluss kam, es nicht mit einem Spion aus eigenem Antrieb zu tun zu haben, sondern mit einem eher widerwilligen, den andere vorgeschickt haben mussten. Weil er es, zumal in den letzten Wochen und Monaten, schon mit weitaus schlimmeren Leuten zu tun bekommen hatte, packte ihn das Mitleid, und er verzichtete darauf, nach der Wache draußen zu rufen.

»Ich weiß, dass du Paulus von Ripa bist, Junge«, sagte er stattdessen, »der Sohn des gräflichen Kanzlers, und dass du hier nichts zu suchen hast. Wenn du schlau bist, erzählst du mir jetzt, was dich herführt; wenn du es nicht bist, kannst es nachher anderen erzählen, die noch ganz andere Dinge als ein Messer zur Hand nehmen werden, wenn sie dich danach fragen. Also los, meine Geduld hat ihre Grenzen.«

Das wirkte schneller, als er zu hoffen gewagt hatte, und was Paulus ihm widerstrebend darüber mitteilte, dass sein Herr, der Graf, mit einem Nachbarn in einen vor dem König ausgetragenen Rechtsstreit, der nicht sein Amt, sondern seine ererbten Güter und irgendwelche Schürfrechte betreffe, verstrickt sei und den Verdacht habe, dass die Gegenseite ihm gegenüber nicht alles offen erklärt, sondern manche vorgeblich beweiskräftigen Urkunden nur insgeheim an die Hofkanzlei weitergeleitet habe, um ihn zu überrumpeln, klang sogar leidlich glaubhaft, wenn auch höchstwahrscheinlich unvollständig, da derzeit jeder der großen Herren noch andere Sorgen hatte als die eigenen Rechtshändel.

Nur dass Paulus selbst auf den Gedanken gekommen sein wollte, vor der morgigen Heimreise einmal nachzusehen, ob sich nach Kanzleischluss etwas finden ließe, um auf alle Unwägbarkeiten der Auseinandersetzung vorbereitet zu sein, nahm er ihm keinen Augenblick lang ab, aber ihm das Geständnis abzupressen, dass sein Vater oder gar der Graf ihn geschickt hatte, hätte nur dazu geführt, dass Ivar gezwungen gewesen wäre, die Sache weiterzumelden, während er sie so, wie sie jetzt stand, die Dummheit eines halben Kindes bleiben lassen und gnädig sein konnte.

»Wenn du auf der Stelle durch das Fenster wieder verschwindest, durch das du hereingekommen bist, vergesse ich vielleicht, dass du hier warst«, sagte Ivar also, »aber du solltest bis zu eurem Aufbruch besser Wohlverhalten üben, wenn du nicht willst, dass es mir doch noch wieder einfällt.«

Die rasche Zustimmung, die er zu dem Vorschlag bekam, war ihm genug, um den Jungen still und leise zwei Zimmer

weiter zum offenen Fenster zu schieben, ihn erst dort frei-
zugeben und dann alles gründlich hinter ihm zu verriegeln,
nachdem er im aufziehenden Dunkel verschwunden war.

Kurz warf er einen Blick in die Briefe, die Paulus hatte
liegen lassen, und folgte ihm dann auf Wegen, die der arme
Junge nicht einmal hätte erahnen können, weil sie eine bessere Kenntnis des *palatium* von Padiacum voraussetzten, als
man sie bei flüchtigen Besuchen gewinnen konnte. Still und
ungesehen gelangte er so ins Quartier der Besucher aus Ripa,
denn wenn man Gäste hatte, an deren wohlwollender Gesin-
nung man zweifeln musste, empfahl es sich, sie dort unterzubringen, wo es den eigenen Leuten – und damit an diesem Tag
Ivar – leicht fiel, sie zu beobachten und zu belauschen.

Er hatte richtig vermutet, dass der Junge von seinem Vater
auf die Hofkanzlei angesetzt worden war, und nach den Einzelheiten dessen zu urteilen, was aus Paulus hervorbrach, als er
atemlos damit herausplatzte, dass alles entsetzlich schiefgegangen sei, hatte er eben in der Kanzlei nur die Hälfte der Wahrheit
verheimlicht, die nämlich, dass er auch eine Bestätigung für
das offenbar in Ripa umlaufende Gerücht hatte finden sollen,
dass der den Tauffeierlichkeiten ferngebliebene Graf von Merodunum, dessen Herrschaftsgebiet nicht weit von dem seines
Amtsbruders in Ripa entfernt lag, Gundoald schon schriftlich
die Gefolgschaft aufgekündigt und erklärt habe, keinen Herrn
außer Faroald und Gott selbst über sich anerkennen zu wollen.

Die unbewegte Miene, mit der Prudentius, der Kanzler des
Grafen von Ripa und allem Anschein nach ein entsetzlicher
Vater, der Leib und Leben seines Sohnes für einen geringen
Vorteil aufs Spiel gesetzt hatte, sich alles anhörte, ließ ihn nicht
gerade in Ivars Achtung steigen, nahm er doch verdammt kalt
und unbesorgt auf, dass Paulus als Spion ertappt worden war.

»Sei ruhig«, sagte Prudentius am Ende nur, »so wild ist das alles nicht. Wenn das wirklich ein Mann der Hofkanzlei oder auch nur allgemein des Königsgefolges gewesen wäre, hätte er die Wachen gerufen, und du stündest jetzt nicht hier. Der wird selbst kein allzu großes Recht gehabt haben, dort herumzustöbern. Schlimmstenfalls wissen jetzt also Dritte den geringeren Teil dessen, was wir herausfinden wollten, aber die Leute des Königs werden nie davon erfahren.«

»Ihr hättet doch lieber mich hingehen lassen sollen«, warf ein grauhaariger Schreiber ein, der das Gespräch bisher stumm verfolgt hatte.

Ivar hätte ihm sagen können, dass es in dem Fall nun einen Gefangenen mehr drüben im Ostturm gegeben hätte, denn das Mitgefühl, das er mit dem überforderten Jungen gehabt hatte, hätte er für den Mann, dessen Gesicht ihm von seinem Versteck aus kaum weniger hart und berechnend als das des Kanzlers erschien, keinesfalls aufgebracht.

»Das ist nun, wie es ist«, sagte Prudentius und ging gelassen dazu über, den Reiseabschnitt, den sie am Folgetag in Angriff zu nehmen gedachten, mit den beiden durchzusprechen, als wäre das eben Vorgefallene nicht weiter der Rede wert.

Ivar meldete denen, die es wissen mussten, er habe Leute des Grafen von Ripa darüber sprechen hören, dass sie damit gescheitert seien, mehr über die derzeitige Haltung des Grafen von Merodunum und über den Rechtsstreit, in den ihr Herr verwickelt sei, herauszufinden, die nötigen Vorsichtsmaßnahmen seien also bis zu ihrer Abreise zu verstärken, und damit hätte die Sache abgetan sein können. Dass der Graf seine ererbten Schürfrechte noch vor dem Ausbruch des Bürgerkriegs bestätigt bekam, hinderte ihn nicht daran, sich auf Faroalds Seite zu schlagen und fortan eine führende Rolle unter seinen Unterstützern zu spielen, und er fand im weiteren Verlauf der Ereignisse ebenso den Tod wie Prudentius, den man angeblich kurz nach der Schlacht von Bocernae, in der auch Faroald umgekommen war, erschlug, als er gerade dabei war, heikle Papiere seines Herrn zu vernichten.

Ivar seinerseits erlebte im Jahr des Bürgerkriegs viel zu viel, als dass er noch oft an Paulus von Ripa gedacht hätte. Bald nach jenem Abend eilte er in der Hofkanzlei Mathilde gegen den zu spät erkannten verräterischen Schreiber zu Hilfe, musste es später bitter büßen, ihn sehr endgültig daran gehindert zu haben, weiteren Schaden anzurichten, und bekam auch noch nach dem Ende des Aufstands gegen den alten König viel Unschönes zu Gesicht.

Ein zweites Mal begegneten Paulus und er sich erst lange nach Bocernae, als Ivar in Justas Auftrag in ganz anderen Angelegenheiten in Aquae Calicis war, während der damalige Vogt dort über allerlei minder bedeutende Kriegsverlierer zu urteilen hatte, die man nach und nach auf der Flucht oder in doch nicht so sicheren Verstecken aufgegriffen hatte und nun vorerst hier verwahrte.

Eine Frau aus seinem Gefolge, die gute Verbindungen nach Padiacum unterhielt und sehr genau wusste, wer Ivar war, nahm ihn vertraulich beiseite und bat ihn um Hilfe. »Ich komme mit einem Gefangenen nicht weiter, der nicht viel sagt; vielleicht wisst Ihr mehr oder könnt die passenden Fragen stellen. Mag sein, dass er wirklich nichts zu erzählen hat, aber er ist in Gesellschaft eines Mannes aufgegriffen worden, den jemand als vormaligen Schreiber aus Ripa erkannt hatte. Sein Begleiter war schon verdammt krank, als man die beiden hergeschafft hat, aber als wir sie uns getrennt vorgenommen haben, hat er, wohl in der Hoffnung, leichter davonzukommen, angedeutet, wir sollten uns doch lieber den Burschen ansehen als ihn, aus Ripa sei der auch, aber der könne uns mehr verraten ... Bevor er mir das genauer erläutern konnte, ist er mir mitten im Verhör zusammengebrochen und keine drei Tage darauf an der Grippe eingegangen, ohne vorher noch einmal sehr ansprechbar geworden zu sein. So ein Ärger, nicht wahr? Denn der andere sagt eben kaum ein Wort.«

Ivar ließ sie reden, stieg aber gutwillig mit ihr in den Bauch des alten Amphitheaters hinab, das als Burg der Vögte diente und das er später, in seinen Jahren in Aquae, noch sehr viel besser kennenlernen sollte. Als die Tür zu einem der elenden Löcher dort unten aufschwang und ein Krieger des Vogts mit einer Laterne hineinleuchtete, sah Ivar sich einem sehr gerupften und mitgenommenen Paulus gegenüber, dessen Augen seit ihrer letzten Begegnung um Jahrhunderte gealtert waren und schier hoffnungslos seinem Blick begegneten, sobald sie sich an das Licht gewöhnt hatten.

»Könnt Ihr mir etwas über den sagen?«, fragte die Gefolgsfrau des Vogts.

Ivar nickte und trug stumm ein paar Herzschläge lang die Last, dass es nun allein an ihm lag, Paulus von Ripa als ertappten Spion, den laufen zu lassen damals die klügere Wahl gewesen war, auf Nimmerwiedersehen in den Kerkern von Padiacum verschwinden zu lassen oder dafür zu sorgen, dass er damit davonkam, nicht eben der geringste Knecht im Gefolge des falschen Herrn gewesen zu sein, was in diesen Zeiten schlimm genug war.

»Ja«, antwortete er bedächtig, »sein Name ist Paulus, und sein Vater war der Kanzler des Grafen von Ripa; er selbst ist aber ein harmloser kleiner Fisch.«

Paulus hatte daraufhin kurz die Augen geschlossen, und dass das nicht angesichts einer weiteren und endgültigen Niederlage, sondern vor schierer Erleichterung geschehen war, hatte bis auf Ivar niemand bemerkt, da außer ihm seit dem Tod des Schreibers, in dem er den Mann vermutete, der nach dem Einbruch in die Kanzlei bei Prudentius und seinem Sohn gewesen war, höchstwahrscheinlich kein Lebender wusste, dass mehr im Raum stand als eine ganz gewöhnliche Unterstützung Faroalds und seiner Ziele.

Als Spion der *aula regia* geschadet oder das zumindest beabsichtigt zu haben, hätte Paulus oder vielmehr Felix auch jetzt noch sehr leicht zum Verhängnis werden können, denn das war kein Verbrechen, das mit den Jahren an Bedeutung verlor. Aber da der Einzige, der ihn hätte ans Messer liefern können, nun schon dreimal darauf verzichtet hatte, konnten er und seine Leute allmählich beruhigt sein, und wenn sie sich weiter mit Apfelmus und Glasperlen dafür bedanken wollten, war das sehr in Ivars Sinne.

Ratte allerdings musste nichts davon erfahren, und es würde ihr nichts nützen, dass sie ihn nun prüfend musterte und bemerkte: »Du bist so still.«

»Nur ein wenig müde«, behauptete Ivar, obwohl das eigentlich heute nicht der Fall war. »In den letzten Tagen hatte das Hochgericht viel zu tun. In der Sturmflutnacht gab es Einbrüche und Diebstähle zuhauf, das kannst du dir vorstellen.«

»Kann ich«, bestätigte Ratte, trank einen Schluck und rümpfte die Nase, als sei der Wein ihr zu sauer. »Aber was ich mir nie hätte vorstellen können, ist, dass du dich offenbar gerade allen Ernstes daran verschwendest, dir von Frau Herrad etwas in die Feder diktieren zu lassen oder bestenfalls noch herauszufinden, wer drei Tuchballen aus irgendeinem Lagerhaus weggeschleppt hat.«

»Es freut mich ja, dich noch überraschen zu können«, gab Ivar zurück, probierte selbst den Wein und kam zu dem Schluss, dass Rattes unausgesprochenes Urteil darüber deutlich zu hart ausgefallen war.

Auch seine Antwort war ihr wohl nicht gut genug, denn sie lachte kein bisschen, sondern stellte nur sehr sorgsam ihren noch kaum angerührten Becher beiseite. »Das hast du schon neulich getan. Die Sache mit dem Gerede im Gasthaus hast du dir aufmerksam angehört, aber was ich über die Jupitersäule in Aquae zu sagen hatte, hat dich kaum gekümmert, und offenbar auch nicht, was ihr nach allen, was ich vorhin beim Hochgericht gehört habe, inzwischen darüber wisst.«

Ivar blieb stumm, denn es traf zwar zu, dass sowohl Herrad als auch Asri mittlerweile brieflich von Freundinnen in Aquae die Nachricht erhalten hatten, die Niederlegung der Jupitersäule drohe dem Vogt nun ernsthaft zu schaden, da eine ganze Anzahl angesehener Leute sich zusammengetan habe, um sich bei Königin Radegunde über ihn zu beschweren, weil er seiner Aufgabe als Beschirmer der heiligen Stätten der Stadt alles andere als gerecht geworden sei, und im gleichen Atemzug die Rückkehr der vorherigen Vögtin zu fordern. Aber dazu würde es wohl kaum kommen, und wenn doch, so würde es sie hier oben in Castra Nova allenfalls am Rande betreffen.

»Nun sieh nicht drein, als ginge dich das nicht das Geringste an«, beharrte Ratte.

Ivar nahm noch einen Schluck Wein und fand immer mehr Gefallen daran. »So leid es mir tut, sonderlich gemocht habe ich diese Säule nie.«

Das brachte ihm immerhin einen bösen Blick ein, weil er der eigentlichen Frage auswich, und Ratte war so zuvorkommend, sie deutlich, wenn auch nicht laut, in Worte zu fassen. »Mag sein, aber warum sitzt du jetzt hier und nicht auf dem schnellsten Pferd, das du in diesem Nest auftreiben kannst, um nach Padiacum oder nach Neustrien zu gelangen? Wenn tatsächlich die Rufe nach einer Wiedereinsetzung deiner einstigen Herrin immer lauter werden, kann das für sie sehr hilfreich oder sehr gefährlich sein, je nachdem, wie sich die Lage entwickelt. Wenn du ihr jetzt einen Gefallen tust, seid ihr versöhnt und du bist ein gemachter Mann, wenn es in der Welt mit ihr wieder aufwärts geht. Wenn du dich dagegen an ihr rächen möchtest, wirst du kaum jemals eine bessere Gelegenheit bekommen. Es gibt gewiss Leute, die für Justas letzte Geheimnisse gut zahlen würden.«

Nun setzte auch Ivar seinen Becher lieber ab. »Bist du deshalb hier?«

Ratte lachte doch noch und schüttelte den Kopf. »Himmel, nein! Aber aus dem, was du gerade tust oder vielmehr nicht tust, werde ich nicht schlau, und das macht mir zu schaffen.«

Ivar wusste, dass Alfreda nicht unbedarft genug war, davon auszugehen, dass jemals wieder aufrichtiges Einvernehmen zwischen Placidia Justa und ihm herrschen würde, und ob er es schmeichelhaft fand, dass sie ihm zutraute, berechnend genug zu sein, alle Selbstachtung hintanzustellen und der ehemaligen Vögtin seine Dienste wieder anzutragen, wusste er nicht.

Zwar hatte er gut zwei Jahrzehnte in Justas Gefolge zugebracht, aber das Ende, das diese Zeit genommen hatte, wog schwerer als alles Vorausgegangene, und das nicht nur, weil es noch frisch genug war, um zu schmerzen, wenn er sich gestattete, darüber nachzudenken.

Als nichtsahnendes Opfer der Machenschaften, die Justa bald darauf die Vogtei Aquae gekostet hatten, am Stadttor von Corvisium festgenommen und für Verbrechen, die er überwiegend nicht begangen hatte, verurteilt zu werden, nur um dann mit einer Reihe anderer Gefangener zum Torfstechen in die Seemark weitergereicht zu werden, war schlimm genug gewesen, dass Justa ihn seinem Schicksal überlassen hatte, weil sie ihn fälschlich für den Verräter gehalten hatte, dessen Enthüllungen sie um ihr Amt gebracht hatten, noch schlimmer, aber beides war immerhin noch erklärlich, wenn auch ungerecht gewesen.

Was sich dagegen selbst in dem unwahrscheinlichen Fall, dass Justa ihm Wiedergutmachung für alles andere geleistet hätte, nicht wieder ins Reine hätte bringen lassen, war, dass sie Mathilde verschwiegen hatte, was ihm zugestoßen war, und wohl erst auf dem Weg auf ihre Güter in Neustrien etwas davon erwähnt hätte, wenn Mathilde nicht daran gedacht hätte, Ratte zu bitten, nachzuforschen, wo er geblieben war. So hätte die abgesetzte Vögtin mit ihrer Schwertmeisterin, die in Kindertagen ihre vertraute Freundin und später in Padiacum und in Aquae immer der verlässlichste Mensch in ihrem engeren Kreis gewesen war, niemals umgehen dürfen, und klug genug, das selbst zu erkennen, hätte sie sein müssen, wenn sie schon nicht anständig genug war.

Insofern war Rattes Annahme, dass man Lust hätte bekommen können, die derzeitige Lage zu nutzen, um Vergeltung an Justa zu üben, nicht ganz so abwegig wie der erste Teil ihrer Überlegungen, aber was Mathilde neulich in Bezug auf Olaf gesagt hatte, traf auch auf diesen Fall zu: Ivar und sie hatten hier verdammt viel zu verlieren, wenn sie sich zu den fal-

schen Schritten hinreißen ließen, und zudem fand Ivar, wenn
er in sich hineinhorchte, zwar den innigen Wunsch, seiner
einstigen Dienstherrin nie wieder zu begegnen, aber nicht das
Bedürfnis, etwas zu unternehmen, um ihr zu schaden.

»Ich will weder Rückkehr noch Rache, sondern nur meine
Ruhe«, sagte er.

Gorm hätte bemerkt, dass die Antwort fast ein Vers, wenn
auch ein schlechter, geworden war, und hätte darüber gelacht.
Ratte dagegen wirkte, was bei ihr selten vorkam, fast erschüttert, wenn auch nicht über Ivars mangelnde dichterische Fä-
higkeiten.

»Was haben sie nur mit dir gemacht?«, fragte sie, und das
nicht im Scherz.

Die unerwartete Besorgnis, die in ihren Worten mitschwang,
rührte Ivar genug, um ihn ehrlich antworten zu lassen. »Wenn
du es genau wissen musst: Sie haben mir Tee gegeben.«

Er hatte dabei nicht nur Wulfs tröstliche Mischung mit
dem Apfelwein und dem üblen Sanddorngebräu im Sinn, sondern vor allem die ganz schlichte Schale Tee, die er kurz nach
seiner Freilassung in der Hochgerichtskanzlei getrunken hatte
und die mehr in ihm umgestoßen hatte als der Verlust seiner
Stellung in Justas Gefolge und alle im Gefängnis gemachten
Erfahrungen.

Bis zu dem Augenblick hatte er geglaubt, dass Herrad ihre
vierzehn Solidi für ihn ausgegeben hätte, weil sie aus ihrer
Zeit in Aquae sehr gut wusste, wie nützlich er in seinem alten
Handwerk sein konnte, und dass sie ihm gern so schnell wie
möglich sagen würde, was sie im Gegenzug von ihm erwartete. Dass sie nichts zu verlangen gedachte und dass es ihr
und ihrer Familie stattdessen nur wichtig gewesen war, ihn so
hinzusetzen, dass er es trotz aller Verletzungen halbwegs be-

haglich gehabt hatte, und ihm eben Tee zu geben, hatte seine Welt ein wenig verrutschen lassen, aber dort, wohin sie über die folgenden Wochen bis heute an einen Platz zwischen Apfelbäumen, Ziegenkäse und Glasperlen geglitten war, lag sie eigentlich besser als an ihrer alten Stelle.

Rattes Miene dagegen war nun endgültig bestürzt, und wenn Ivar erst noch glaubte, sie sei nur angewidert von seiner Torheit, begriff er, dass es ganz anders war, als sie leise sagte: »Ich hätte dich ohne weitere Umstände aus dem Kerker in Corvisium herausholen sollen, Gott verzeih mir, dass ich es nicht getan habe.«

Ivar war sich sicher, nun selbst seltsam dreinzusehen, halb, weil er sich das Lachen verbeißen musste, denn damit, dass sie seine ganz wörtlich gemeinte Erklärung für die Umschreibung irgendeiner Grausamkeit halten würde, die ihm in seiner Haftzeit angetan worden war, hatte er beim besten Willen nicht gerechnet.

Als er den Mund öffnete, um die Sache richtigzustellen, ließ sie ihn aber gar nicht zu Wort kommen, sondern fuhr gleich fort: »Ich habe wohl schlecht nachgedacht. Wenn die in Corvisium nicht wissen, wen sie da haben, sondern nur meinen, mit einem halben Niemand aus Justas Gefolge ihren Spaß treiben zu können, dann ist es besser, er verschwindet nicht einfach und lässt sie misstrauisch werden, ob es noch mehr mit ihm auf sich hat, sonst hat er fortan keinen ruhigen Augenblick mehr, so habe ich es mir damals überlegt ... Mathilde wird sich schon darum kümmern, ihn freizubekommen, das habe ich mir gesagt.«

»Das hat sie ja auch getan«, sagte Ivar.

»Aber zu spät, wie es klingt«, wandte Alfreda ein, immer noch so zerknirscht, dass es kein bisschen zu ihr passte.

Fast hätte Ivar sich verleiten lassen, sie zu trösten und ihr zu sagen, dass sie sich da in eine wilde Vermutung verrannte, die mit der Wirklichkeit wenig zu tun hatte, und ihn gründlich missverstanden hatte, aber die Erinnerung daran, wie ihre erste briefliche Frage nach seinem Befinden gelautet hatte, hielt ihn davon ab. Vielleicht hatte es sein Gutes, wenn er sie in dem Glauben ließ, dass er angeschlagener, als er sich tatsächlich fühlte, und damit eben vorerst nicht zu gebrauchen war, ganz gleich, ob sie den Auftrag hatte, in Erfahrung zu bringen, inwieweit er noch eine Gefahr darstellte, oder ob sie sich nur seine Hilfe bei irgendeiner Unternehmung erhofft hatte.

So zuckte er die Schultern und nahm seinen Becher wieder an sich, bevor der Wein zu kalt werden konnte. »Ich lebe doch noch.«

»Aber dein Blick ist nicht mehr derselbe«, sagte Ratte, und es war wohl nicht nur der rotgoldene Feuerschein, der ihre sonst nicht übermäßig gefälligen Züge ein wenig sanfter und weicher als gewohnt wirken ließ.

Ivar zuckte ein weiteres Mal die Schultern, und das war genug, Ratte doch noch zu ihrem Becher greifen und Wein, den sie vorhin sichtlich verschmäht hatte, in einem Zug austrinken zu lassen.

Dermaßen aus der Fassung gebracht hatte Ivar sie selten erlebt, und um sich sein eigenes Erstaunen nicht anmerken zu lassen, betrachtete er lieber kurz die getigerte Katze des Hauses, die einmal quer durch die Schenke huschte und kein unwesentlicher Grund dafür war, dass er gern hier saß.

Erst nachdem er selbst noch einen Schluck genommen hatte, sah er Alfreda wieder an. »Wie dem auch sei, du hast mir sehr geholfen, und ich bin dir dankbar«, sagte er, weil sie trotz allem immerhin das verdient hatte. »Ohne dich hätte es noch Wochen gedauert, bis Mathilde erfahren hätte, dass man mich eingesperrt hatte, und dann hätte alles sehr viel unerfreulicher werden können.«

Ratte überraschte ihn ein weiteres Mal, denn sie beugte sich vor und umfasste seine Hand mit warmen, festen Fingern. »Du musst nicht höflich sein; schließlich ist dennoch mehr als genug geschehen.«

»Nicht nur Schlimmes«, entgegnete Ivar und lenkte das Gespräch dann auf ihren neuerlichen Aufenthalt in Castra Nova, über den sie erwartungsgemäß nicht mehr verriet, als dass sie heute noch Richtung Corvisium abzureisen gedachte, und darauf beschränkte sich ihre Unterhaltung, bis auch sein Becher geleert und der Wein bezahlt war.

Als sie ins Freie kamen, pfiff ein kalter Wind um die Häuser, der ahnen ließ, dass der erste Nachtfrost selbst hier oben, wo es über den Winter oft milder als im Binnenland blieb, nicht mehr weit entfernt war, aber das mochte nicht die einzige Erklärung dafür sein, dass Ratte fröstelte und ihren Mantel enger um sich zog.

»Falls du dich doch noch langweilen solltest«, sagte sie, ohne sehr hoffnungsvoll zu klingen, »lässt du aber von dir hören, ja?«

»Du bekommst auch sonst irgendwann einen Brief«, versprach Ivar, und das leicht bittere Lächeln, das er zur Antwort bekam, ließ ihn überlegen, ob er das Spiel vielleicht ein bisschen zu weit getrieben hatte.

Doch das war, wie es war, und Ratte war Ratte, der gegenüber man besser gesunde Vorsicht walten ließ, wenn man es nicht bereuen wollte, und so ging er nur in friedlichem Schweigen neben ihr die schmale Gasse entlang, um ihr erst zum Abschied eine sichere Reise und viel Glück für ihre Unternehmungen zu wünschen.

»Dir auch viel Glück«, sagte Alfreda, immer noch zu nachdenklich, und ließ die Hand kurz auf seinem Arm ruhen, als läge ihr noch mehr auf der Zunge, das sich gleichwohl besser in eine freundliche Berührung als in Worte fassen ließ.

Dann trennten sich an der breiten Straße, die Stadttor und Markt verband, ihre Wege, und Ivar fand, dass seiner, in neuen Stiefeln ein Stück bergab zum Hochgericht, nicht der schlechtere war.

Finis

Lateinische Einsprengsel

aula regia
Königshof

domina
Herrin

iudex
Richter, Richterin

palatium
Palast, (Königs-)Pfalz

Nicht jeder, der ein Heldenlied verdient hätte, bekommt auch eines.

Wer dunkle Machenschaften in der Hofkanzlei aufdeckt, an alten Feinden keine Rache nimmt oder einem Geist hilft, sich Gehör zu verschaffen, bleibt also vielleicht unbesungen – aber ist das wirklich von Nachteil?

Vier Geschichten laden ein zu einem Besuch in einer verzauberten Welt.

Verzauberte und Unbesungene
Taschenbuch, 244 Seiten
ISBN: 9783743100671

Maike Claußnitzer

DER
TORFSCHUPPEN
MORD

Es ist nicht gut, draußen im Moor zu sterben.

Als in der Junihitze ein Torfschuppen im Moor bei Castra Nova
über zwei Männern zusammenbricht, glaubt die ganze Stadt
zunächst an einen tragischen Unfall. Richterin Herrad hat nach
einem unfreiwilligen Neuanfang in der Seemark eigentlich andere Sorgen, doch als sie erfährt, dass ihr alter Bekannter Ivar
am Ort des Geschehens war und Verdächtiges beobachtet hat,
kann sie nicht untätig bleiben. Schnell erweist sich, dass der
Einsturz des Schuppens absichtlich herbeigeführt worden ist.
Hatten dabei etwa die Moorgeister die Finger im Spiel, und tut
Herrad sich wirklich einen Gefallen damit, die Wahrheit ans
Licht zu bringen?

Der Torfschuppenmord
Taschenbuch, 284 Seiten
ISBN: 9783758306037

Welches Geheimnis versteckt sich in deinem Keller?

Formwandler, Hexen, Geister, Dämonen ... im Siebensteinthal
trieben sie einst ihr Unwesen. So behaupten es zumindest die
Legenden, die ein Heimatforscher in einem Buch zusammenge-
tragen hat. Doch sind all die Geschichten wirklich nur Fiktion?
Oder tummeln sich zwischen den unbescholten wirkenden Ein-
wohnern des Siebensteinthals echte Monster?
Als eine alte Dame plötzlich verstirbt, ist das d   uftakt zu
einer Reihe von seltsamen und unheimlichen F   nissen.

*Sieben verwunschene Orte, sieben mysteriös   ebenheiten und
eine zusammenlaufende Handlung führen in   n Episodenroman
durch die Schatten und Schrecken, die mitt   ter uns lauern.*

Siebensteinthal
Klappenbroschur, 204 Seiten
ISBN: 978-3-98942-741-9